아버지

장편소설

아버지

초판 1쇄 인쇄 | 2009년 2월 20일
초판 1쇄 발행 | 2009년 2월 25일

지은이 | 이채윤
펴낸이 | 조종현
펴낸곳 | 북오션

종 이 | 대한실업
출 력 | 푸른서울
인 쇄 | 정민문화
출판신고번호 | 제313-2007-000197호

주 소 | 서울시 마포구 서교동 468-2번지
이메일 | bookrose@naver.com
전 화 | (02)322-6709
팩 스 | (02)3143-3964

ISBN 978-89-93662-01-6 (03810)

아버지

이채윤 장편소설

이 시대 모든 아버지들에게 이 책을 바칩니다.

차례

아버지의
일기장

❧❧ ❧❧

아버지가 집을 나간 지 석 달째 되는 어느
날 아침, 승희는 책장에서 아버지가 쓴 일기를 발견했다. 일기는 30권
짜리 세계문학전집 중, 도스토예프스키 《죄와 벌》의 커버 속에, 그
책 대신 들어 있었다.

아버지는 지난 여섯 달 동안 어머니가 다니는 여행사에서 준 다이
어리에 어머니에게 쓰는 편지투의 일기를 써놓았다.

사랑하는 안젤라에게⋯⋯.

일기는 그렇게 시작하고 있었다. 안젤라는 어머니의 가톨릭 세례
명이다. 그것은 아버지가 집을 나가던 날 어머니에게 남긴 편지의

시작과 같았다. 아버지는 석 달 전 어느 일요일 새벽에 그렇게 시작되는 편지를 두고 집을 나갔던 것이다.

아버지가 집을 나간 후, 어머니는 아버지가 어디로 갔는지 단서가 될 만한 것을 찾아 온 집안을 발칵 뒤졌지만 아무것도 찾지 못했다. 아버지는 조그만 수첩 하나 남겨 놓지 않았다고 믿고 있었는데, 장장 다이어리 한 권에 가까운 사연이 숨겨져 있었다니! 아버지는 집안 식구뿐 아니라 친지나 절친했던 친구, 누구에게도 아무 흔적도 남기지 않고 홀연히 사라졌다.

대학교 2학년인 승희는 리포트를 쓰기 위해 문학전집을 뒤지다가 우연히 아버지의 일기장을 발견했다. 그 일기를 손에 든 순간, 그녀도 모르게 아버지의 숨결을 느꼈고 숨이 막혀서 그 책을 놓을 수가 없었다.

승희는 촘촘히 적어 내려간 아버지의 일기를 – 아니 그것은 일기라기보다는 아버지가 집을 나가기 전, 여섯 달 동안 어머니에게 쓴 편지였다 – 읽고 또 읽었다. 아버지는 집을 나가기 전에 어머니에게 30통이나 되는 편지를 썼던 것이다. 거기에는 아버지가 가족을 사랑하는 마음과 20여 년 동안 지속된 어머니에 대한 각별한 사랑이 적혀 있었다. 승희는 학교 가는 것도 잊고 눈물을 흘리며 (승희는 자신이 아버지를 그다지 사랑한다고 생각하지 않았다) 아버지의 글에 빠져들었다. 그 글을 읽고 나자 그녀는 아버지에 대해 너무 모르고 있었다는 죄책감과 더불어 아버지에 대한 애절한 그리움이 생겼고, 사무쳐오는 슬픔에 가슴이 떨렸다.

아버지는 처음에 어머니를 만나 사랑하던 시절부터 지금까지의 삶을 담담하면서도 애틋하게 적어나가고 있었다. 그러나 아버지의 일기를 읽어 내려갈수록 승희는 몇 가지 의구심이 생겼다.

'아빠는 왜 이 편지를 엄마에게 보여주지 않고 가슴속에 묻어두 듯이 아무도 몰래 적어놓고 집을 나간 것일까?'

'아빠는 엄마를 그토록 사랑하면서도 왜 자신의 사랑을 겉으로 내보이지 않은 것일까?'

승희는 아버지와 어머니 사이에 대화가 제대로 이루어지지 않고 있다는 것을 알고 있었다.

아버지는 어머니가 옛날과는 달리 몹시 변해서 대화 상대가 되지 않는다고 생각하고 있었다. 어머니는 청순한 처녀에서 생활력이 강한 여장부로 변해 있었기에 아버지로서는 감당할 수 없는 여인이 되어 있었던 것 같다.

아버지의 일기를 읽으면서 승희는 아버지가 겉보기와는 달리 말로는 다 표현하지 못하는 아름다운 사랑의 감성을 지닌 사람이란 것을 알았다.

아버지는 거듭된 실패에도 불구하고 어머니가 생각하는 만큼 그렇게 무능한 사람이 아니었다. 아버지는 일기에서 삶의 실패 원인과 어머니와의 갈등에 대해서도 자로 잰 듯이 정확하게 분석하고 있었다. 아버지는 이미 일기를 쓰기 시작하면서부터 집을 나가기로 작정한 사람처럼 주변 일들을 하나하나 차분하게 정리하고 있었다. 아버지는 정말로 어머니가 자신의 대화 상대가 되지 않는다고 생각하신 것일까? 그녀는 얼른 어머니에게 그 일기를 보여주어야 한다고 생각했다.

어머니는 오늘따라 바쁜 일이 있다고 새벽에 출근을 했다. 승희는 학교 가는 것을 포기하고 그 일기를 들고 집을 나섰다. 11월의 거리에는 나뭇잎이 바람에 쓸리며 마구 굴러다니고 있었다. 아버지가 집을 나갈 때는 무더운 여름이었는데 벌써 겨울의 문턱에 들어선 것이다. 승희는 지금 아버지가 어디서 무엇을 하고 계실까, 생각하면서 저절로 볼을 타고 내리는 눈물을 닦았다. 아버지가 낯설고 외로운 거리에서 홀로 고독하게 걷고 있을 것만 같았다. 그녀는 거리를 오가는 사람들 중에 아버지가 있을 것만 같아 그네들을 유심히 바라보았다.

'혹시 노숙자가 되어 거리를 방황하고 있는 것은 아닐까?'

승희는 지난 석 달 동안 이곳저곳으로 아버지를 찾아다니면서 길거리에 아무렇게나 버려진 것처럼 널려 있는 무수한 노숙자들을 보았다. 아버지는 절대 저러고 있지 않을 것이라고 고개를 저었지만,

그렇게 생각하면 할수록 아버지가 기나긴 방황 끝에 투신자살을 하거나, 목을 맸을지도 모른다는 엉뚱한 생각이 들어 자신도 모르게 흠칫 놀랄 때가 많았다.

그때마다 그녀는 아니라고 머리를 세차게 흔들었다. 아버지는 모질지 못하고 심성이 여린 탓에 마음의 상처를 입기는 했지만 그렇게 유약하고 졸렬한 사람은 아니었다.

승희는 어머니의 회사로 가는 신촌행 지하철을 탔다. 그리고는 아버지의 일기를 가슴에 꼭 안고 앉아서 아버지가 집을 나간 날을 떠올렸다.

아버지는 평상시 일요일처럼 새벽같이 등
산복 차림으로 집을 나섰다. 그날 아침, 우리 집 식구 중 누구도 아
버지가 집을 나가는 것을 보지 못했다. 다만 승희는 아버지가 부스
럭거리며 옷을 입고 현관문을 열고 나가는 소리만 잠결에 들었을 뿐
이다. 그날 그녀는 꿈자리가 뒤숭숭해서 이른 새벽에 잠을 깨 아버
지가 집을 나가는 소리를 들었다.

승희는 아침을 먹고 친구에게 전화를 하다가 아버지가 남기고 간
편지를 발견했다. 노트 한 장을 뜯어내서 빼곡하게 적어 내려간 편
지는 거실 탁자 위에 있었다. 아버지의 편지를 집어든 순간, 예사롭
지 않은 예감이 그녀의 머리를 스쳤다.

아버지는 지금 무엇인가 중요한 말을, 아니 어떤 결단을 어머니에

게 말하려고 하고 있다는 것을 직감적으로 느낄 수 있었다. 승희는 빨려들 듯이 편지를 읽었다.

사랑하는 안젤라!

이런 편지를 쓰는 나를 용서하시오. 어쩌다 우리 삶이 이렇게 사막처럼 메마르게 되었는지. 요즘 들어서는 정말 이렇게 살고 싶지 않았는데, 라는 생각뿐이오. 모두가 내 게으름과 무능에서 온 불찰이라는 것을 알고 있소.

나도 정말 잘해보려고 노력했는데 결과가 이렇게밖에 안 되다니 정말 믿을 수가 없을 지경이오. 노력도 안 하고 술만 퍼마신 사람이 무슨 변명이냐고 되물어도 좋소. 하지만 나는 나대로 노력을 기울였다는 것을 조금이라도 믿어주길 바라오.

그런데도 지나치게 완벽하고 고집스런 당신의 모습을 보면 나는 끝없는 나락으로 떨어져 내리고 있다는 기분이 들고 더는 버티기가 힘들다는 생각뿐이었소.

차라리 당신이 전처럼 싸움이라도 걸고 나를 핀잔하고 언쟁이라도 걸어오면 그 싸우는 기운에 저열한 열패감을 덜 느낄 터인데, 당신의 냉담과 무언의 시위가 나에게는 더할 수 없는 모멸과 자괴감을 주었소. 그래서 나는 더 이상 버틸 수 없었소.

벌써 그 세월이 얼마요?

사랑하는 안젤라!

나는 이제 결정을 하였소. 내가 당신과 아이들을 떠나서 당신의 짐을 덜어 주고, 나 자신을 찾고 싶소. 나는 나의 길을 가겠소. 이러한 나의 선택이 현실로부터의 도피라고 생각하지 말기 바라오. 나는 이 세상을 움직이는 본질적인 구조 속에서 안주하기에는 불충분한 사람이란 생각에서 새로운 길을 찾아보려고 떠나는 것이오.

사랑하는 안젤라!

당신과 살아온 20여 년 세월 동안 나는 줄곧 당신만을 사랑했고, 지금도 그 사랑은 변함이 없다오. 그러나 나는 당신 곁을 떠나오. 하지만 당신에 대한 내 사랑이 변할 것 같아서 겁이 나기도 하오. 나는 떠나서도 우리들이 처음 만났을 때 그 기분을 그대로 간직하며 살고 싶소.

안젤라!

나를 찾지 말기 바라오. 나도 내 인생을 찾고 싶소. 이렇게 더는 살고 싶지 않아요. 내 걱정일랑은 마시오. 어디 가서라도 이 한 몸 못 거두겠소? 이제 아이들도 다 컸고 하니 차라리 마음이 홀가분하다고 말하는 나를 욕해도 좋소. 나도 당신 걱정을 하지 않겠소. 경제적인 문제야 그동안에도 당신 혼자 잘해왔으니까 앞으로도 당신이 잘해나가리라 믿소. 무엇보다도 아이들의 장래 문제가 마음에 걸리지만, 이제 아이들도 자신들의 생을 가꾸어 갈 만한 나이가 되었으니 잘 개척해 나가리라 믿고 싶소.

안젤라!

내가 새 삶의 길을 찾아낼 수 있기를 기도해주시오. 이 세상 떠나는 날까지 당신을 사랑하는 마음 변하지 않을 것이오. 부디 아이들과 행복하기를 빌겠소. 당신과 아이들에게 미안할 뿐이오. 못난 사내 이만 쓰오.

승희는 아버지가 무척 상심해 있다는 것을 이미 눈치채고 있었다. 아버지는 겉으로는 멀쩡한 사람처럼 보였지만 하숙생처럼 나른한 냄새를 풍기고 있었고 속으로는 중증 환자처럼 헐떡이고 있었다. 회사 일로 늘 바쁜 어머니 대신 큰딸인 승희가 그런 아버지를 챙겼어야 했는데, 그녀는 공부를 핑계로 아버지에게 아무런 신경도 쓰지 못했다.

승희는 직감적으로 아버지가 아주 집을 나간 것이라고 느꼈다. 아버지가 무능한 사람으로 몰리기 시작한 것은 순전히 경제적인 이유에서였다. 본의 아니게 사업의 실패를 거듭한 결과 아버지는 더 이상 그것을 극복할 아무런 방법이 없다는 것을 깨닫고 가출을 선택한 것이다.

아버지는 어느 날 몸도 제대로 못 가눌 만큼 고주망태가 되어 세상을 향해 이렇게 퍼부어댔다.

"사람들은 돈을 숭배한다. 신성한 돈! 아름다운 돈! 특히 네 엄마는 돈 빼고는 아무것에도 신경 쓰지 않는다. 돈이 없으면 바보, 바보가 된다! 그래, 나는 바보라서 이제는 지구상의 어디에도 얼굴을 내밀지도 못한다. 이건 엉터리! 얼마나 허깨비들만 모여 있는 세상인가! 네 엄마는 말한다. '돈은 사방에 널려 있어요. 누구든 삽으로 퍼서 담기만 하면 되죠. 돈이란 그런 것이에요. 그런데도 당신은 돈을 내다 버리고만 있으니, 그러니 내 팔자가 이 모양 이 꼴인 거죠.' 세상사가 전부 이렇게 개판이니 여기에서 빠져나갈 방법을 찾을 수만 있다면 얼마나 좋을까?"

그러다 아버지는 결국 엉엉 울기 시작했다. 그는 완전히 패닉 상태에 빠진 사람처럼 보였다.

아버지는 원래 무능한 사람이 아니었다. 아버지는 젊어서 고등학교 국어 교사를 하다가 작은아버지가 경영하던 컴퓨터 회사의 전무 일을 보고 있었다. 그런데 그 회사가 갑자기 몰아닥친 불황과 경제 위기를 넘기지 못해 부도가 났고, 금방 재기할 것이라던 작은아버지는 차에 탄 채로 강물 속으로 들어가 영영 돌아오지 못했다.

작은아버지는 경영의 귀재라고 소문났을 정도로 똑똑한 사람이었는데 경제위기는 그를 죽음으로 내몰았던 것이다. 작은아버지의 죽음은 아버지는 물론 우리 가족에게 엄청난 심적 타격을 주었다.

아버지는 회사를 살리기 위해 많은 노력을 기울였지만 역부족이었다. 회사는 채권자들의 손에 넘어갔고 아버지는 모든 희망을 잃어버리게 되었다. 형제간의 우애가 깊었던 터라 아버지는 무엇보다도 작은아버지가 죽은 충격에서 벗어나지 못하고 있었다.

아버지가 전무로 있던 탓에 우리 집은 경매에 붙여지고, 채권단이 인수한 회사에서 쫓겨난 것은 물론 퇴직금조차 한 푼도 받지 못했다.

이후 아버지는 술로 밤을 지새우며 점차 무능한 사람이 되어갔다. 다행히 어머니가 처녀 시절부터 20년 동안 여행사에 근무하면서 저축한 돈이 있어서 경매로 넘어가는 집은 건질 수 있었다.

그때부터 평온하던 우리 가정에 운명의 장난이 시작되었다.

어머니의 회사가 가까워질수록 승희는 어머니가 아버지의 일기를 보고 어떻게 반응을 할 것인가를 생각했다. 아버지가 집을 나간 날, 처음에 어머니는 무척이나 당황한 빛이 역력했었다. 어머니는 아버지가 남긴 편지를 읽고는 믿을 수 없을 정도로 상심하여 눈동자가 풀려 있었다.

"아빠가 오늘 어느 산에 간다고 하셨니?"

어머니는 아버지가 남기고 간 편지를 보고도 아버지가 등산을 간 것으로 생각하고 있는지 그렇게 물었다.

"그러니까 엄마가 좀 아빠를 도닥거렸어야지!"

승희는 자신도 모르게 볼멘소리를 내질렀다.

"너는 알고 있었니?"

어머니는 맥이 풀린 목소리로 물었다. 승희는 고개를 가로저었다.

"어서 산으로 가자!"

어머니가 갑자기 외쳤다.

"아빠가 집을 나갔는데 산에는 왜 가요?"

"관악산으로 간다고 그랬지? 어서 가보자."

어머니는 아버지가 산으로 간 것으로 단정을 하고 있었다. 그리고 단호하면서도, 말로 표현할 수 없을 만큼 간절한 눈길로 승희를 바라보았다.

그녀는 소용없어요, 라고 말하려다 말고 자기 방으로 들어가서 외출복으로 갈아입고 나왔다.

"운전은 네가 해라."

어머니가 승희에게 차 키를 건네주었다.

"어느 코스로 잘 다니시는지 아니?"

차에 시동을 걸자 어머니가 물었다.

"1번 코스요."

승희는 아버지를 따라 두 번 정도 관악산에 오른 적이 있어서 그렇게 대답했다. 1번 코스는 서울대 입구에서 운주대까지 오르는 길로 사람들이 가장 많이 오르는 길이었다.

"그래, 그리로 가자."

어머니는 의자 등받이에 머리를 기대고 눈을 감았다.

처녀처럼 긴 단발머리를 하고 젊은 스타일의 옷차림을 하고 다녀서 나이보다 다섯 살 정도 젊어 보이는 그녀였지만, 갑자기 얼굴이 꺼칠하고 주름이 깊게 패여 보였다.

처녀 적부터 마흔세 살까지 20여 년 동안, 자기 분야에서 나름 성공한 여성인 어머니는 매사에 자신만만하고 업무처리가 깔끔해서 회사에서도 거의 완벽에 가까운 존재로 대접받고 있었다.

등산로 입구의 주차장에 차를 댔다.

"엄마는 지금 아빠가 등산하면서 엄마한테 겁을 주려고 편지를 써놓고 쇼를 하고 있다고 믿고 있는 거예요?"

차에서 내리면서 승희가 참고 있던 말을 했다.

"그럼, 네 아빠가 달리 어디로 간단 말이니?"

뜻밖에도 어머니는 아둔할 정도로 낭랑한 목소리로 되물었다.

평소에 아버지라는 존재는 안중에도 없고, 그토록 도도하고 자신만만하던 어머니가 안절부절못하는 것을 보면서 승희는 남편이란 존재가 여자에게 어떤 사람일까 생각을 해보았다.

"설령 산에 오셨더라도 이 넓은 산 어디에서 아빠를 찾을 수 있겠어요?"

"그래도 가보자."

어머니는 거부할 수 없을 정도로 간절한 눈빛으로 말했다. 그런 어머니 덕에 승희는 데이트 약속도 취소하고 땀을 뻘뻘 흘리면서 산을 뒤지고 다녔다.

그러나 아버지가 그 산에 있을 리 없지 않은가.

관악산은 생각보다 험하고 넓은 산이어서 두 사람은 이내 지쳐버렸다.

"네 아빠는 어디로 갔을까?"

산을 내려오면서 어머니가 담담한 목소리로 물었다. 능청스럽게 쇼를 하는 건 아닐까 하는 생각이 들 정도로 당황하는 어머니였다.

집으로 돌아온 어머니는 무슨 물증이라도 될 만한 것을 찾기 시작했다. 마치 유품이라도 정리하는 것처럼 그 일에 매달려서 보기가 처연할 지경이었다. 순간 승희는 어머니도 별 수 없는 여자구나, 하고 생각했다.

그런데 그것이 아니었다. 다음 날 어머니는 아무 일도 없다는 듯이 출근을 했고 딴사람처럼 변해 있었다. 그 후, 어머니는 아버지에 대해 아무 말도 꺼내지 않았고 아버지를 찾을 어떤 조치도 취하지 않은 채 회사 일에만 매달리기 시작했다. 그 후 어머니는 언제 아버지란 존재가 있었나 싶을 정도로 아무 일도 없다는 듯이 자기만의 생활을 변함없이 영위하고 확장해나갔다.

시간이 지나면서 승희는 어머니가 아버지의 가출에 대하여 깊은 배신감을 느끼고 있다는 것을 알아챘다. 아버지가 실업자로 지내온 지난 4년 동안 어머니는 어머니대로 고달픈 나날을 보냈던 것은 사실이다. 어머니는 여자의 몸으로 집안 살림을 꾸려나가며 아버지의 뒷바라지까지 했다. 때로 무뚝뚝하고 성의 없는 것 같이 보이는 어머니는 그래도 지킬 선을 벗어나지 않았다. 다만 어머니는 항시 베푸는 자의 편에 서 있었고 아버지는 고달픈 수혜자였던 것이다.

아버지는 어머니가 적선하듯 이따금 던져주는 용돈으로 영혼의 쓴잔을 마시고 있었다. 한 집안에서도 가진 자와 못 가진 자의 골은 점점 깊어졌다. 어머니는 아버지가 집을 나간 지 한 달 만에 20년 동안 다니던 회사를 그만 두고 그 회사의 김 부장이라는 사람과 새로운 회사를 차렸다. 아버지는 어머니가 그 사람과 가끔 골프를 치러 다니는 것을 싫어했었다. 어머니는 아버지와 언쟁이 있을 때마다 김 부장의 저돌적이고 윤기 있는 행동을 아버지의 수동적인 행동과 비교하면서 이야기를 하곤 했었다.

어머니가 김 부장과 선을 넘어선 관계라고 보이지는 않았지만, 어쨌거나 어머니는 그 사람과 같이 회사를 차려 그가 전무를 맡고, 어머니가 사장이 되었다. 회사를 차린 후, 어머니는 더욱 바빠져서 제대로 얼굴조차 볼 시간이 없었기 때문에 어머니는 아버지를 별로 생각하지도, 생각할 시간도 없는 사람처럼 보였다. 어머니는 태엽이 회사 쪽으로만 풀려나가는 기계처럼 느껴졌다.

승희는 신촌역에서 지하철을 내려서 어머니의 회사가 있는 빌딩 앞에 섰다. 문득 하늘을 올려다보았다. 늦가을 하늘답게 차갑도록 파랗고 맑았지만 겨울이 다가오는 어두운 빛이 음험한 적군의 눈빛을 하고 하늘 가장자리 사방에 쳐들어와서 포진해 있었다.

승희는 어머니 회사로 올라갔다. 20여 명의 사람들이 넓고 깨끗한 사무실에서 저마다 바쁘게 일에 몰두해 있었다. 어머니는 사장실에서 김 전무와 마주 앉아서 이야기를 나누고 있었다. 두 사람은 사업 이야기를 하고 있는 것 같았지만 마치 정담을 나누는 듯이 다정해보였다. 어머니는 승희를 보자 놀라며 일어섰다.

"아니, 네가 이 시간에 학교는 안 가고 여기에 웬일이냐?"

어머니는 승희의 아래위를 찬찬히 훑으며 물었다.

그녀는 아무 대답도 하지 않고 어머니를 바라보았다. 아버지는 지금 어느 길거리, 어느 외진 곳에서 낙엽처럼 휩쓸리고 있는지도 모르는데, 어머니는 아늑한 사무실에서 연하의 남자와 시시덕거리며 정담을 나누고 있다니! 순간 승희는 어머니가 딴 사람처럼 낯설고 멀게 느껴졌다.

"너, 무슨 일 있니?"

"엄마랑 이야기 좀 나누고 싶은데……."

승희가 담담하고 낮은 목소리로 말을 꺼냈다.

"그래, 해봐. 무슨 일인데?"

"여기 말고 밖에 나가서."

"사장님은 지금 바쁘세요. 중국에서 온 손님을 만나러 지금 나가셔야 하거든."

얼굴에 개기름이 번지르르한 김 전무가 끼어들었다.

"아저씨는 좀 빠지세요."

승희가 카랑카랑한 목소리로 외쳤다. 김 전무가 놀란 표정으로 그녀를 쳐다보았다.

"도대체 무슨 일이니? 여기서 말해도 돼."

어머니가 말했다. 승희는 말없이 어머니를 바라보았다.

"너, 학교에서 무슨 일 있니? 아니면 남자친구랑 무슨 문제라도 있는 거야?"

어머니는 헛다리를 짚고 있었다.

"엄만, 날이 이렇게 추워 오는데 아빠 걱정도 안 돼?"

승희가 따지듯이 물었다. 김 전무가 머쓱한 표정을 지으며 밖으로 나갔다. 그녀는 어느새 아주 되바라진 딸이 되어 있었다.

"난 또 무슨 일이라고. 그래, 네 아빠 걱정이 돼서 학교도 안 가고 나한테 온 거니?"

어머니는 기가 차다는 듯이 승희를 바라보았다.

"너희 아빠는 잘 있을 거야. 조금 있으면 연락이 올 거다."

"엄마는 아빠가 어디서 무엇을 하고 있는지도 모르잖아?"

승희가 대들듯이 따져 물었다.

"짐작이 가는 데가 없는 건 아니야. 네 아빠, 돈 떨어지면 조만간에 돌아올 거야."

어머니는 일부러 여유 있는 미소를 지으며 말했다.

"돈 한 푼 안 가지고 나가셨는데 무슨 소리야?"

승희는 어머니의 말에 기가 막혀서 비명을 지르듯이 외쳤다.

"아빠가 어디 계신지 알면서도 찾지 않고 있단 말이에요?"

그녀는 힐난하듯이 어머니에게 따져 물었다. 그 순간 승희는 어머니가 쓴 위선의 가면이 느껴져서 무엇보다 싫었다. 어머니는 발작에 가까운 그녀의 저항을 느끼고는 기가 질린 눈으로 쳐다보았다.

"너 왜 그러니? 네 아빤 자기 발로 집을 나간 거지, 누가 등을 떠민 사람 있니?"

"그래요. 엄만, 엄마 일만 중요하고 아빠야 죽었는지 살았는지 안중에도 없잖아."

"아니, 얘가 지금 무슨 말을 하는 거야! 내가 누구를 위해서 이러고 있는 줄 알아? 너는 지금 대학생이고 승태는 고3이야. 네 아빠가 너희들 일에 신경 하나 쓴 것 있니?"

어머니는 예의 그 '누구를 위해서 이러고 있는 줄 아니'를 또 써먹고 있었다.

"엄마가 어떻게 그런 말을 할 수가 있어. 아빠가 엄마를 얼마나 사랑하고 있는 줄 알기나 해?"

승희는 울컥해서 그 말을 뒤로 남기고 울면서 어머니의 사무실을 뛰쳐나왔다.

어머니는 회사 안이어서 그런지 아주 의연하고 천연덕스러운 모습으로 그녀를 보고 있었고, 그것이 딴사람처럼 느껴져서 승희는 견딜 수가 없었다. 마치 아버지가 어디에 있는 줄 알면서도 안 찾고 있다는 것 같은 어머니의 표정을 보는 것이 역겨웠다. 어머니는 뒤에서 승희를 몇 번 불렀을 뿐 따라 나오지는 않았다. 대신 그녀가 엘리베이터에 타자 곧바로 휴대전화가 울렸다. 승희는 받지 않았다. 회사 건물을 나설 때 다시 휴대전화가 울렸다. 그러자 아예 전원을 꺼버렸다.

승희는 아무 생각 없이 미친 듯이 걸었다. 아마 어머니는 지금 아무 일도 없다는 듯이 중국에서 온 손님을 만날 준비를 하고 있을 것이다. 어머니는 승희가 왜 갑자기 사무실에 나타나서 그런 이야기를 했는지 이유를 몰라서 찜찜하게 생각하고 있겠지만, 겉으로는 아무일 없다는 듯이 사람들을 만날 것이고 품위 있는 미소를 띠고 사업에 관한 이야기를 할 것이다.

승희는 어머니에게 아버지의 일기 이야기를 꺼내지 않은 것이 후회스러웠지만, 그 일기를 보여주었더라도 결과는 마찬가지였을 것이다. 어머니는 손님을 만나기 위해 일기를 책상서랍에 넣고 나갔을 테고, 돌아와서 아버지의 일기를 읽더라도 잠깐 동안 아버지를 생각하거나 그의 사랑에 얼마간 코끝이 찡한 감동을 받겠지만, 아버지가 사랑하는 방식에 코웃음을 치며 지지리 못난 사람, 하고 비웃을 것이다.

어머니는 자신이 약해지는 것이 싫어서 일부러 아버지에 대한 생각의 회로를 머릿속에서 차단시켜 놓고 있는지도 모른다. 그런 생각을 하다 보니 어머니는 여전히 아버지의 가출을 일시적인 시위 정도로 가볍게 생각하고 있는지 모른다는 생각이 들었다.

어머니는 아버지가 추운 겨울이 오기 전에는 돌아올 것이라고 믿고 있다. 그러나 그것은 큰 오산이었다. 아버지는 지금 자신의 전 존재를 검증하기 위한 모험의 길에 들어서 있다.

승희는 지하철역에 앉아서 일기의 첫 장을
펼쳐 다시 찬찬히 읽어보았다.

2008년 3월 5일

사랑하는 안젤라!

오늘은 우리가 만난 지 22년하고 4개월 되는 날이오. 22년
전의 그날, 세종문화회관 계단에서 하얀 블라우스에 청바
지를 입고 책을 한 아름 들고 걸어 내려오던 당신. 당신의
자태에 눈이 멀어 당신과 부딪쳐 책을 떨어트리게 했을
때, 화를 낼 법도한데 오히려 무안해 하며 얼굴을 붉히던
당신의 화사한 얼굴을 기억하고 있소.

사과한답시고 '레테'에 가서 커피를 산 지 벌써 그렇게 많은

세월이 흘렀다니, 우리가 같이 살아온 시간이 그렇게 오래 되었다는 것이 믿어지지가 않소. 22년이 지난 지금 문을 열고 있는 그 찻집 창가에 앉아서 당신과의 사랑을 추억하며 이 일기를 쓰고 있다오.

3년 전에 광화문을 지나다가 문득 생각나서 둘러보았더니 여전히 이곳 레테가 문을 열고 있었소. 반가운 마음에 차나 한잔 마시려고 올라갔지. 그런데 22년 전의 그 어린 마담이 40대 후반의 중년 아줌마가 되어서 그대로 자리를 지키고 있는 것이 아니오!

그녀는 나를 알아보지 못하는 것 같았소. 하긴 그 여자를 길에서 보았더라면 나도 못 알아보았을 거야. 22년의 세월이 우리를 그만큼 몰라보도록 변하게 만들었던 것이지. 게다가 그 여자는 하루에도 수많은 사람들을 만나는데 22년 전의 나를 어떻게 기억하겠어. 어쨌든 나는 그 후로도 몇 번 이곳에 들러서 차를 마시면서 청춘의 지난날을 반추해보곤 했다오.

사랑하는 안젤라.

세종문화회관 분수대 계단 위에 앉아서 솟아오르는 분수를 바라보며 아이스크림을 먹던 날들, 지금은 재개발로 없어진 허름한 중국집, 분식집 들에서 동전을 모아 사 먹던 오뎅이며 순대, 그것들을 안주로 기울이던 소주 한 잔을 기억하는지?

당신은 그동안 내 청춘의 여왕이었소. 나도 이제는 나이가 든 탓인지 과거의 추억이 아름답고 소중하게 느껴지는 것을 어쩌지 못하고 있다오.

요즘 들어서 더 많은 세월이 흐르기 전에 우리의 만남과 사랑

과 결혼, 아이들을 낳고 기르며 지금까지 살아온 일들을 정리
하고 싶다는 생각이 자꾸 들어서 오늘 레테를 찾아 펜을 들고
지난날에 대한 회상에 젖어 보는 것이라오……

꽃 꽃

거기까지 읽다가 승희는 일기를 덮었다. 다시 눈물이 흘러내렸기 때문이다. 사방이 뿌연 안개 속으로 잠겨드는 것 같았다. 그녀는 아버지의 일기를 가슴에 안고 무작정 지하철을 탔다. 아버지와 어머니가 처음 만나고, 아버지가 이 일기를 쓴 '레테'라는 카페에 가보고 싶었다. 거기에 가면 아버지의 체취가 남아 있어서 금방이라도 그를 찾을 수 있을 것만 같았다.

승희는 지하철 시청역에서 내려서 광화문 거리까지 걸어갔다. 광화문 거리에는 은행나무에 단풍이 들어 황금빛 눈이 내리고 있었다. 은행나무들은 나무 전체가 노랗게 타오르는 불꽃 같았고, 사람과 차들이 그 불꽃나무 사이를 지나가고 있었다. 거리 전체가 은행나무의 금빛 물결에 묻혀 있었다.

그녀는 세종문화회관 앞의 벤치에 앉았다. 바람이 없는데도 나뭇잎은 마치 하늘에서 내리듯 흩날렸고, 광화문 거리가 누군가의 손이 되어 그 잎사귀 전부를 받아들고 있는 것 같았다.

승희는 아버지와 어머니가 어느 계단쯤에서 부딪쳐 책을 떨어트리며 처음 만났을까, 생각하며 세종문화회관 계단을 올려다보았다. 그리고 머릿속에 두 사람이 부딪치고, 책이 떨어지고, 아버지가 사과를 하고, 서로 인사를 나누고, 이야기 나눌 곳을 찾아가는 모습을 그려보았다. 두 사람은 순수하고 막연한 기대와 열정을 가진 채 무척 상기되어 있었고 너무도 가슴 떨리는 행복한 표정을 짓고 있었을 것이라고 생각했다.

그리고 20여 년의 시간이 흐른 후……. 생각을 거기서 멈춘 승희는 아버지의 일기를 다시 읽기 시작했다. 아버지가 이 거리의 가을을 묘사한 부분이 생각났다.

2008년 3월 20일

사랑하는 안젤라.

지금은 봄인데도 왜 자꾸 그때의 가을이 생각나는 것일까? 그 거리의 나뭇잎은 서울 거리의 쓸쓸함을 그대로 보여주었지. 광화문의 은행나무들을 기억하시오? 그 가을, 우리는 매일같이 광화문 거리에서 만났고 나는 드디어 당신에게 프러포즈를 했었소. 광화문 거리의 은행나무들은 하루가 다르게 노랗게 물들고 있었지. 아직 초록 그대로인 은행나무도 있었고 노랗게 물들어 벌써 옷을 벗어버리는 은행나무도 있었소. 작은 바람에도 흩날리던 은행잎들.

지금 푸르디푸른 은행나무를 바라보며 한동안 꿈속에서 보낸 듯 20년 전의 옛 일들을 아득하게 떠올려보오. 아무리 많은 시간이 흘러도 이 거리는 변하지 않을 것이고 그 시절의 일들은 내 맘속에서 지워지지 않을 것이오.

내가 당신을 사랑하고, 당신이 나를 진정으로 사랑했던 그 시절……. 그때 나는 당신에게 이런 글귀를 적어 보냈던 것 같소.

「그대를 버스에 태워 보내고 밤늦도록 혼자서 어렴풋한 가로등 불빛 아래를 걸었습니다. 정부중앙청사 부근의 노란 은행잎들이 바람에 우수수 휘날려 떨어지고 있습니다. 휘날리는 은행나무 잎을 보면서 그대가 지금쯤 집에 무사히 도착했을 것이라 생각하며 행복한 기분에 사로잡힙니다. 또한 그대는 무슨 생각을 하고 있을까, 생각해봅니다.

화려하지만 스산한 분위기의 이 가을은 새삼 살아온 날들을 뒤돌아보게 하고. 나는 흡사 마취에 걸린 듯 몽롱한 기분으로 사춘기 시절 고민했던, '나는 누구인가?', '나는 무엇을 위해 사는가?'라는 단순하면서도 답이 보이지 않는 질문을 해봅니다.

그러나 이제 나는 대답할 수 있습니다. 그대와 함께하는 삶이 있음으로 나는 하늘의 별을 보고 걸어가겠노라고. 멀리서 숨쉬고 있는 그대의 숨결이 가까이 느껴집니다.」

그러나 이제 나는 다시 내게 묻고 있다. 아, 나는 그 시절 꿈꾸었던 이상과 야망을 지금도 간직하고 있는가?

아버지는 마치 시인처럼 그렇게 말하고 있었다. 승희는 어쩌면 아버지가 그 시절에 시인의 모습이었을지도 모른다고 생각했다. 그러자 아버지는 세상을 잘못 타고난 사람처럼 생각되었다.

어쨌든 아버지와 어머니는 저 계단 위에서 자주 만났고 저 위에서 광화문 거리를 내려다보며 많은 이야기를 나누었으리라. 지금 그 돌계단 위에는 연인들 세 쌍이 앉아 있었고, 드문드문 사람들이 지나가고 있었으며, 세종문화회관 건물 벽면에는 여러 가지 음악회와 전시회를 알리는 현수막과 간판이 걸려 있었다.

그중에서 백건우 피아노 연주회를 알리는 대형 간판이 눈에 띄었다. 그것을 바라보자니 중학교 3학년 때 아버지와 피아노 연주회를 보기 위해서 세종문화회관에 왔던 기억이 났다. 그때만 해도 아버지는 실업자가 아닌 잘나가는 컴퓨터 회사의 전무였다. 그 무렵 책과 음악을 좋아하던 아버지는 승희와 어린 승태를 이곳저곳 데리고 가서 많은 것을 보여주던 자상한 아버지였다.

그때도 어머니는 여전히 바쁜 회사 일을 보고 있었지만, 그녀의 가족은 주말이면 많은 곳을 같이 다녔다.

특히 아버지는 승희와 승태를 산이나 강으로 데리고 다니며 자연 공부를 시켜주었고 심심찮게 서점에 가서 책을 사주고 음악회나 영화관을 데리고 가기도 했다. 그래서 승희의 어린 시절 추억의 갈피 속에는 아버지의 자상하고 부드러운 모습이 많이 남아 있다.

그때가 그들 가족의 가장 단란했던 한때였다. 만약 아버지와 작은 아버지의 컴퓨터 회사가 망하지 않았다면 아버지는 지금도 그때처 럼 모범적인 가장으로서 가족을 위해 헌신하는 모습을 보였을 것이 다. 그러면 승희의 가정은 아직도 다복하고 평화로운 가운데 만족스 러웠을 텐데…….

그런 생각을 하면서 은행잎이 주섬주섬 떨어지는 것을 바라보다 가 승희는 차츰 마음이 가라앉는 것을 느꼈다. 그녀는 자리에서 일 어났다. 아버지와 어머니가 처음 만났다는 레테를 찾기 위해서였다.

승희는 천천히 계단을 올라갔다. 계단 위에서 반대편 거리를 내려 다보니 신기하게도 세종문화회관 바로 왼쪽, 길 건너편에 레테라는 조그만 간판이 보였다. 처음 발견한 간판이었는데 그녀는 무척 낯이 익다고 생각했다.

승희는 반가운 생각에 빙긋이 웃음이 나왔다. 그녀는 그 카페의 창문을 바라보며 가슴에 서늘한 것이 흘러가는 느낌에 사로잡혔다. 그 창가에서 아버지가 자신을 바라보고 있는 것만 같았다. 승희는 천천히 계단을 내려가서 그 카페가 있는 건물까지 걸어갔다.

승희는 걸음을 옮기다 말고 시계를 보았다. 시간은 아직 9시 30분 밖에 되지 않았다. 아직 문을 열지 않았으리란 생각이 들자 다소 난

감했다. 그냥 학교로 가서 수업을 들을까 생각했지만 그러고 싶지 않았다. 어차피 오늘은 공부할 마음도 없었다. 혹시나 하는 마음에서 레테를 향해 계속해서 걸어갔다. 역시 문은 닫혀 있었다.

승희는 다시 세종문화회관 계단을 올라가 맨 위 계단에 앉았다. 그리고 나서 조금 전과는 다른 쪽을 내려다보며 생각에 잠겼다. 그러고는 아버지가, 아니 자신의 집이 왜 그렇게 되었는지에 대한 생각을 정리해보기 시작했다. 그녀는 좀 더 차분하고 객관적인 눈으로 지금 자신의 집에서 일어나고 있는 일을 직시하고 싶었다.

공연히 어머니를 미워하거나 아버지를 미화시키고 싶은 생각은 없었다. 단지 아버지의 가출에 대해서 다시 한 번 냉정하게 평가해야 한다고 생각했다. 아무리 어려운 일이 있어도 가장이 처자식을 버리고 가출한 일은 비겁한 일이었다. 아버지는 정말 가족을 모두 버리고 떠날 만큼 절박한 무엇을 가지고 있었던가? 자기 자신의 평안과 안위만을 위해서 가족을 버린 것은 아닐까?

아버지는 돈으로 저울질되는 세상을 무척 싫어하고 절망을 느끼고 있었다. 아버지는 몇 번의 실패로 제도권 사회에서 일탈한 후로는 궤도에 진입하지 못하는 위성처럼 그 속으로 뛰어 들어갈 용기도, 그럴 용의조차도 없었던 것처럼 보인다. 그 덕에 어머니는 가족의 생계를 책임지기 위해서 생활 전선에 내몰려 늘 고군분투해야 했다. 이런 상황에서 아버지는 팔자 편한 한량처럼 지내면서 자신의 내면에 너무 젖어든 것은 아닐까? 그러나 아버지는 가족들이 잘 모르는 어떤 번민을 안고 살아가고 있었던 것은 아닐까!

어느 해 봄, 승희는 남동생 승태랑 아버지를 따라 관악산에 오른 적이 있었다. 그들 남매가 모처럼 산행을 따라 나서자 아버지는 무척 기뻐했다. 산 정상에서 우리는 소리쳐 '야호'를 불렀다.

산을 내려오는 길에 아버지와 승희는 파전을 시켜놓고 막걸리를 마셨다.

"청소부 일이라도 해야 할까보다."

그때 아버지는 힘없이 웃으며 말했다. 아직 마흔여덟밖에 안 된 아버지가 예순 살도 넘은 사람처럼 보이기는 그날이 처음이었다.

"그러세요. 돈 번다고 생각하지 마시고 소일거리라고 생각하세요."

"그래 알았다. 무슨 일이라도 해야겠다."

그때 승희는 눈물이 쏟아질 것만 같은 것을 겨우 참았다.

문득 아버지가 지나치게 낭만적이고 매사에 어눌하고, 요즘 사람답지 않아 보호해주어야 할 만큼 무척이나 여리고 딱한 서생처럼 여겨졌다. 그때부터라도 좀 더 세심한 배려를 가지고 아버지를 대했어야만 했다고 승희는 생각했다.

어쩌면 아버지는 그때부터 가출을 결심하고 있었는지도 모른다. 그러나 아버지는 청소부라는 말을 다른 뜻에서 쓰고 있었던 것 같다. 아버지가 집을 나가면서 쓴 편지에는 '나는 이 세상을 움직이는 본질적인 구조 속에서 안주하기에 불충분한 사람이라는 생각에서 새로운 길을 찾아보려고 떠나는 것이오' 라고 적혀 있었다.

아버지에게 새로운 길은 과연 무엇일까? 무단하고 통속적이며 쓰레기 같은 세상을 정화하고자 하는 것이 아버지의 꿈일까? 과연 아버지는 그 길을 찾을 수 있을 것인가? 승희는 철들기 시작하면서 시작된 아버지의 실업의 나날을 곰곰이 더듬어보기 시작했다.

아버지는 작은아버지와 하던 컴퓨터 회사가 망하고 작은아버지가 죽은 후, 근 5년 동안 아버지의 삶은 지리멸렬했다. 처음에는 무엇을 할 의욕도, 돈도 없었기에 아버지는 백수로 세월을 보냈다. 취직이라도 하라는 어머니의 잔소리를 들으면서도 유유자적을 즐기는 사람처럼 보였다. 그러던 2년여의 실업 끝에 아버지는 정신을 차린 듯했다. 아버지는 최소한 가족의 생활비는 벌어야겠다는 결심을 한 듯 1톤 트럭을 사서 운전을 하면서 직접 생수통을 배달했다.

재작년 봄의 일이었다. 그 일은 아버지의 말 그대로 몸으로 때우는 일이었다. 장사 밑천이라야 어머니가 사준 1톤 트럭과 생수회사에 보증금으로 맡긴 500만 원이 전부였다. 그 무더운 여름, 아버지는 무거운 생수통을 하루에 200개씩이나 식당이며 사무실, 아파트로 지고 날랐다. 아버지는 덕분에 체력 단련이 많이 되었다며 알통을 만들어 보였지만, 아버지의 옷은 늘 땀으로 절어 있었고, 식사도 하는 둥 마는 둥 지쳐 쓰러져 곯아떨어졌다.

아버지는 첫 달에 150만 원을 벌었다고 자랑스럽게 생활비를 내놓았다.

"그것 봐요. 이렇게 돈을 버는 생활을 하니까 심신이 건강해지는 것 아니우."

어머니가 흡족한 미소를 지으며 아버지에게 위로의 말을 건넸다. 어머니는 안쓰러워하면서도 아버지의 의욕에 찬 출발을 반겼다. 그때만 해도 아버지는 대단한 정신력으로 난관을 돌파해나갈 수 있을 것처럼 보였다.

그러나 불운의 마수는 또다시 아버지의 숨통을 옭아매고 있었다. 문제는 세상일을 너무 낙천적으로 바라보는 아버지에게 있었다. 아버지와 나이가 같다는 생수공장 사장과 친해지면서 아버지는 판교 신도시 지역 생수 총판을 하겠다고 어머니를 졸라서 사업자금 3천만 원을 받아냈다. 그리고 무슨 이유에선지 아버지는 생수 총판권을 따기도 전에 그 돈을 그냥 공장 사장에게 건네주었고, 그것도 모자라서 어머니 몰래 집을 담보로 3천만 원의 빚보증까지 섰다.

그런데 아버지가 믿었던 생수공장 사장은 석 달도 되지 않아서 공장을 팔아버리고 잠적해버렸다. 집은 다시 경매 위기에 처했고, 거기서부터 승희 가족의 진짜 위기가 시작되었다. 어머니의 히스테리 섞인 잔소리는 당연히 고고성을 울리며 다시 시작되었고 아버지는 집안을 겉돌면서 술로 날을 보냈다.

조용하던 집안이 다시 침몰 직전의 배처럼 걷잡을 수 없는 거친 파도를 탔다.

"생각 좀 해봐요. 지금 당신이 제 정신을 가지고 있다고 생각해요? 회사 망하고 집 건진 지 얼마나 됐다고, 또 이런 일을 벌일 수 있는 거예요?"

아버지의 그런 행위는 어머니 몰래 이루어진 것이어서 어머니의 분노와 배신감은 극에 달했다. 이후 어머니는 기가 찬지 침묵으로 일관하며 아버지를 무시했다. 그럴수록 아버지는 더욱 침울해졌고, 목소리는 날이 갈수록 기어들어 갔다. 또다시 어머니가 회사에서 퇴직금을 담보로 돈을 융통해서 집을 건지고 어느 정도 일은 수습이 되었지만, 아버지와 어머니 사이에 생긴 골은 회복할 수 없을 정도로 깊어졌다.

한편 아버지는 아버지대로 생수공장 사장에 대한 분노와 적개심에 치를 떨고 있었다. 아버지는 그를 무척이나 믿었던 듯, 사람의 믿음과 우정을 그렇게 더럽고 치사한 사기술로 배신하고 돌아선 자를 결코 용서할 수 없다고 결연히 외치고, 그런 자는 반드시 찾아내서 응징해야 한다며 이를 갈면서 생수공장 사장을 찾아 전국을 돌아다니기 시작했다.

그러나 10여 일이 지난 후, 집으로 돌아온 아버지는 완전히 걸인의 모습이었다. 아버지는 인사불성이 되도록 취해서 고래고래 소리를 지르며 정의의 기사가 되어서 이 세상의 모든 불의와 악과 더러움과 치사한 것들과 싸우며 혼자서 고군분투하다 쓰러져 잠이 들었다.

평소에도 아버지는 술을 좋아했지만 외박을 하거나 집에 와서 주정을 부린 적은 없었는데 그때는 심할 정도로 변해 있었다. 그만큼 아버지는 생수공장 사장에게 당한 배신의 상처가 깊었던 것 같다. 아버지는 의욕을 잃고 모든 대외적 행동을 그만두고 칩거에 들어갔다. 그때부터 어머니는 아버지에게 아무 말도 하지 않았다.

그러나 일은 거기서 끝나지 않았다. 그런 일이 있고 석 달도 안 된 어느 날, 아버지는 돌이킬 수 없는 최악의 사고를 저지르고 말았다. 아무 할 일도 이유도 없이 음주운전을 하다가 앞서 가던 트럭을 들이받고 중환자실로 실려가는 대형 사고를 내고 만 것이다. 아버지는 얼굴을 열두 바늘이나 꿰매고 팔이 부러지는 중상을 입고 한 달간이나 병원에 입원했지만 보험 처리조차 되지 않았다. 어머니는 처음에 한 번 병원에 들렀을 뿐, 아버지가 퇴원하는 날도 치료비를 나에게 주고 회사로 출근을 했다.

어머니는 아버지에게 눈길 한번 제대로 주지 않았고, 아버지도 각오한 듯이 그저 묵묵히 그것을 견뎠다. 자연히 아버지는 서재로 쓰고 있던 방에서 기거를 시작했고, 집안에서 점점 더 겉돌았다. 아버지는 친구도 전혀 만나지 않는 것 같았다. 교통사고 후에는 휴대전화도 가지고 다니지 않았다. 아버지가 찾지 않으니 찾아오는 친구들도 자연히 멀어지는 것 같았다.

아버지는 어머니가 던져주는 약간의 용돈을 가지고 혼자서 낚시를 다니거나 등산을 다녔고 혼자서 술을 마셨다. 아버지는 집을 나가는 날까지 차라리 외로움을 즐기는 사람처럼 보였다.

거기까지 생각하다가 승희는 다시 아버지의 일기장을 펼쳤고, 그곳에서 다정하게 손을 잡고 있는 젊은 아버지와 어머니를 만났다.

광화문
숨바꼭질

2008년 4월 30일

사랑하는 안젤라, 지금도 기억하고 있겠지?

우리가 만난 지 100일째 되는 날 우리는 '하얀집'에 갔었소. 나는 그때 그 집 주인에게 전화를 해서 100송이의 장미를 준비시켰지.

그 집 문고리 -아, 그것은 덜컹거리는, 청동의 사자머리 밑에 매달린 동그란 링이었어- 를 잡는 순간, 나는 창가에서 나를 바라보고 있는 당신의 까만 눈동자를 보았소. 내가 안으로 들어갔을 때, 사람들은 안중에도 없이 내게 달려와 안기던 당신. 100송이 장미꽃을 옆에 두고 우리는 참 많은 이야기를 나누었고 꽤 취하기도 했지.

당신은 기억하는가. 우리가 그 집을 나와서 무작정 삼청공원 길을 걸었던 일을! 우리는 삼청공원의 깊은 숲 속에서 기나긴 열정의 첫 키스를 나누었지. 그것은 이 세상 처음이자 마지막 같은 날카로운, 천둥과 번개가 가슴을 쪼개는 것과 같은 키스였다오.

순결한 입맞춤이란 그런 것이었지. 그 은보랏빛으로 부서지는 순은 같은 잔잔한 무늬들이 아직도 가슴에 남아 있소.

거기까지 읽은 승희는 문득 자리에서 일어났다. 언젠가 삼청동 길을 가다가 '하얀집'이라는 카페를 본 적이 있다는 생각이 들었고 그곳에 가보고 싶다는 욕망이 생긴 탓이었다. 그뿐만 아니라 아버지의 일기에 나타난 광화문을 중심으로 퍼져 있는 추억의 장소들을 찾고 싶다는 생각이 들었다.

승희가 그런 생각을 하게 된 것은 아버지가 일기장 뒤편에 아버지가 어머니와 같이 다닌 추억의 장소가 지도처럼 그려져 있었기 때문이다. 그녀는 그 추억의 장소들을 직접 확인하기 위해서 지하철 3호선 경복궁역을 지나 광화문 안으로 들어갔다.

광화문 뜰 안에는 발이 빠질 정도를 황금빛 은행잎들이 굴러다니고 있었다. 광화문의 낙엽은 승희의 가슴에 불을 질렀다. 그녀는 일기장 뒤편에 쓰인 아버지의 시를 읽었다. 광화문의 가을을 고즈넉하게 표현한 아름다운 시였다.

투명한 터널

네가 지나간 자리에
투명한 터널이 뚫리고 있었다
내가 네 앞을 지나 광화문 길을 가는데
네 몸 부피만큼 터널이 안개꽃보라 치며
노랗게 타오르는 은행나무 사이로 이어져
한 마리 뱀이 되어 어디론가 가고 있었다
나는 허리를 굽히고 그 속으로 들어갔다
재빨리 터널은 투명하게 메워지고
다시 너의 향기로 가득해진다
거기엔 바람도 불지 않는다
비도 내리지 않는다
나는 마구 달린다
마구 달려서 너를 붙잡는다
네가 나를 돌아다본다
아, 환하디환하다

승희는 그 시가 정말 아름다운 시란 것을 그 길 위에 서 보고서야
알았다. 저 많은 은행나무와 은행의 황금빛 눈을 맞으며 저 길 끝으
로 총총히 사라져 가는 한 여인을 머릿속으로 그려보았다. 그리고
그녀가 만들어낸 그녀만큼의 자리, 그 터널이 허공 속에 투명하게

빛나고 있는 것 같았다. 그 속으로 한 사내가 아직도 힘겹게 걷고 있었다.

승희는 광화문 안쪽의 경복궁 뜰을 건너 동십자각 앞의 횡단보도를 건넜다. 출판문화회관을 지나 삼청공원으로 이어지는 아버지와 어머니의 추억의 길을 더듬어가며 걸었다. 삼청동으로 가는 그 길에는 화랑들이 즐비하게 늘어서 있었다.

현대갤러리, 금호미술관, 주한 프랑스문화원이 이어진 길을 걸어서 올라갔다. 길 건너편에는 경복궁 돌담길이 끝없이 이어져 있었다. 거기도 은행나무는 하염없이 잎사귀를 떨어뜨리고 있었다.

많은 곳이 바뀌었거나 사라지고 없었지만 아버지가 그린 지도에 있는 몇몇 카페와 화랑은 이름만 바뀐 채 아직도 그곳에 있었다. 나는 삼청공원으로 올라가는 길까지 이어져 있는 많은 화랑들의 간판을 둘러보다가 총리공관 앞에 있는 하얀집을 찾았다. 그곳은 아버지와 어머니가 삼청공원에 올라가서 처음 입을 맞춘 날 간 곳이었다. 하얀집 문고리를 살짝 잡아당겼다. 그곳도 아직 문이 닫혀 있었다. 승희는 하얀집 문고리를 놓다가 순간, 그 문고리가 예전 그대로인 것을 보고 깜짝 놀랐다.

문고리는 아버지가 묘사한 그대로 청동의 사자머리 밑에 매달린 동그란 링이었다. 그녀는 이 문고리를 잡았던 젊은 날의 아버지를 떠올렸다. 그리고 22년 전의 그 시절, 만남 100일 기념을 그런 식으로 한 아버지의 센스에 감탄할 수밖에 없었다. 그리고 아버지에게서 번져온 그 추억의 불이 영원히 꺼질 줄 모르고 번질 것만 같은 기분이 들었다.

꧁ ꧂

승희는 발길을 돌려서 광화문 거리로 나오
면서 일기에 적혀 있는 추억의 장소 열다섯 곳 중에서 여섯 군데를
찾았다. 그러는 동안 우리나라 수도의 한복판인 광화문 거리 구석
구석에 추억의 장소를 그렇게 많이 지니고 있다는 것이 신기하기
도 했다.

승희는 아버지와 어머니가 자주 다녔다는 출판문화회관 옆 건물
의 카페 이름이 바뀐 것까지 확인하고 길을 건너 시민열린마당의 벤
치에 앉았다. 열린마당에는 서울시장에게 어려운 일을 하소연할 수
있는 신문고가 있었다. 승희는 아버지가 어디에 있는지 찾아달라고
신문고에 말하고 싶은 심정이었다.

그러다가 그녀는 다시 아버지의 가출이 정당한 것인가 하는 문제

에 매달리기 시작했다. 아버지는 과연 승희와 승태가 다 컸다고 생각하고, 자기 자신을 찾기 위한 여행을 떠난 것일까? 아버지가 떠난 곳은 어디일까? 아버지는 지금 어디에서 무엇을 하고 계실까? 혹시 외딴 곳에서 고된 육체노동을 하고 있는 것은 아닐까? 아버지가 사람들이 모든 것을 돈으로 바꾸려는 행태를 일기 속에서 비판하던 구절이 생각났다. 아버지는 돈과 사랑과 일에 대해서 이렇게 썼다.

2008년 5월 16일

사랑하는 안젤라.

나는 세상의 모든 사물들과 사람의 능력이 돈으로만 저울질되는 세상이 두렵고 한스러울 따름이오. 나는 한때 고등학교 국어 교사로서 자부심을 가지고 아이들을 가르친 적이 있소. 그러나 교육 현장에도 실력이나 신념보다는 촌지나 성금 따위에 아이들 학업 성적이 달라지는 것을 보기도 했지. 또 컴퓨터 회사의 간부 일을 하면서, 무슨 물건을 팔기 위해서 영업을 한다는 것이 그 물건을 과장되게 선전해야 하고, 필요 없는 사람에게도 그 물건을 팔 수 있어야 능력 있는 세일즈맨이 되고 사람이 대접을 받고 영웅이 된다는 것을 알았다오.

그러나 나는 그런 엉터리 상혼에 현혹되어 부화뇌동하는 소비자들이 더욱 싫었던 것 같소. 머릿속에는 아무것도 들지 않은 아이를 이상하게 만들어 놓고 악을 쓰고 춤을 추게 하고 서로

열광하는 머저리 스타의 시대, 머저리들의 시대가 정말 싫었던
거지.

나는 한때 생수통을 매고 집집마다 배달을 다니며 돈을 번
적도 있소. 차라리 나는 그때의 돈벌이가 가장 보람 있고 신
성했다는 생각이 드오. 이것은 꼭 땀을 흘려서 돈을 벌어야
한다는 단순 논리가 아니오. 머리로 흘리는 땀이 더욱 값진
것이라는 것도 알고 있소. 다만 노동이 신성하다는 것은 일한
만큼 부를 나누어 가진다는 데에 있는 것이 아닐까 하는 의
문이 드는 것은 어쩔 수 없구려. 그것이 각자의 특성에 맞게
잘 나누어져 있지 않다는 데에 이 세상의 비극이 있는 것은
아닌지…….

사랑하는 안젤라.

당신이 여행상품을 만들 때를 생각해보시오. 여행자들을 위한
이벤트를 만들 때 필수적 수요를 창출하는 것보다는 좀 더 센
세이셔널하고 보다 자극적인 상품을 만들어서 소비자를 현혹
시켜야만 거기에 맹목적으로 따라오는 소비자들……. 그 안에
얄팍한 상혼이 있고, 맹목적 자본의 논리가 있는 것이라오.

아, 저 밑바닥에 고요히 잠들어 있는 잠재된 수요를 폭발적으
로 끌어올려야 하는 폭탄제조업자 같은 마케팅 기획자가 바로
당신 같은 사람들이오.

나는 그것이 싫소. 그렇다고 시골에 가서 농사를 짓는 일도 다
시 물장사를 하는 일도 쉽지 않으니 당분간 이렇게 지낼 수밖
에 없을 것 같구려. 그러나 나는 조만간에 결론이 날 것 같은

예감이 드오.

안젤라, 나는 반드시 내가 할 일을 찾아내고야 말 것이오.

그 글을 다시 꼼꼼하게 읽고 나자 승희는 아버지가 이미 오래전에 가출을 결심하고 있었다는 것을 알았다. 아버지는 허깨비로 살고 싶지 않았던 것이다. 아버지는 정말 자신의 전 존재를 건 새로운 정신적 모험을 시작한 것일까?

어쨌거나 그녀는 아버지가 돈을 대신하는 가치를 노동에서 찾아내려고 한다는 것을 깨달았다. 또한 자신의 소외와 절망으로부터 그렇게밖에 탈출할 수 없었다는 것을 깨달았다. 아버지가 아버지의 말대로 노동의 신성함을 만끽하며 그것으로 얻은 대가가 얼마나 값진 것인가를 몸으로 확인하고 있을 거란 생각이 들었다. 정말 그렇기만 하면 다행일 뿐만 아니라 아버지를 이해할 수 있을 거라고 생각했다.

승희는 아버지가 노숙자가 되어서 거리를 방황하거나 무능력하게 어떤 시설에 들어가서 기숙하고 있으리란 헛된 생각을 떨쳐버릴 수 있게 되어서 너무 기뻤다. 자리에서 일어나 미국 대사관 앞을 지나 광화문 지하도를 건너 다시 세종문화회관으로 와서 처음 앉았던 벤치에 앉았다. 계단 위에 앉았던 세 쌍의 연인들은 자리를 뜨고 없었다. 대신 다른 연인들이 계단에 앉아 있었다.

승희는 아버지의 가출이 잃어버린 자아의 완성을 위한 한 중년 남자의 출사표라는 데 동의하기로 했다. 그래서 이제 레테로 가보아야 할 시간이라고 생각했다. 레테에 가면 아버지의 흔적이 남아 있을 것 같았다. 세종문화회관의 시계는 어느덧 11시를 가리키고 있었다.

승희는 목조 건물 2층으로 된 레테의 계단
을 천천히 올라갔다. 카페는 문이 열려 있었다. 오래된 카페답게 고
풍스러운 분위기에 잔잔한 음악이 흐르고 있었다. 이른 시간이어서
인지 주인으로 보이는 40대 후반의 여자가 있을 뿐 손님이 하나도
없었다. 여자는 아버지의 일기에 묘사된 마담의 인상과 비슷했다.
승희는 오렌지 주스를 한 잔 시키면서 아버지가 신청해 들었다는 굴
렌 굴드가 연주한 바흐의 '골트베르크 변주곡'을 청했다. 주스를 마
시며 일기를 읽었다. 피아노의 선율이 천천히 그녀의 가슴속을 잔잔
한 물결처럼 헤집고 들어왔다.

2008년 5월 20일

사랑하는 안젤라.

당신이 아직도 레테의 촛불을 기억하고 있는지 모르겠소. 촛불이 켜진 창가에 앉아 밖을 내다보면 언제나 좋았었지. 특히 비오는 날이면 사람들이 색색의 우산을 들고 지나가는 풍경이 너무 고색창연하고 아름다운 것은 그 시절 레테만의 분위기라고 생각하오. 지금은 무슨 이유에서인지 촛불을 켜지 않고 있지만, 그때 우리들의 청춘에는 파랗고, 빨갛고, 노란 초 들이 테이블마다 놓여 있었지.

지금은 분위기가 사뭇 다르지만 여전히 운치가 느껴지는 것은 이 집주인의 취향이 나이에 따라 조금 변했을 뿐 손맛은 지금도 그대로인 것 같소. 마담은 나를 잘 모르는 듯하지만 그때 그 여자인 것만은 틀림없소.

사랑하는 안젤라.

언제고 당신과 이곳에 함께 오고 싶은 마음 간절하오. 그때는 마담에게 왜 촛불을 안 켜는지 물어보고 싶소. 그러나 당신은 항상 바쁘고 나는 당신에게 마음은 열려 있지만 말문이 터지지 않고⋯⋯.

거기까지 읽다가 승희는 20여 년 전부터 이 자리를 지키고 있다는 마담을 바라보았고 이상하게 눈에 눈물이 맺혔다. 그녀가 태어나기 전에 그들은 지금 그녀와 같은 청춘의 고민에 휩싸여 있었을 것이다. 그런 생각이 들자 승희는 자신이 태어나기 전의 그들을 보고 있는 것 같았다.

아버지가 새로운 모험을 향해서 떠났다는 생각을 하기로 마음먹기는 했지만 평상시 별로 말이 없고 술만 마시는 줄 알았던 아버지가 이런 낭만과 다정한 면을 지니고 있었다는 것이 감격스럽기까지 했다. 아버지의 그런 섬세한 속내를 들여다본 것이 무척 슬펐다. 그리고 이 세상을 살아가는 데 있어서 너무도 여린 심성을 가지고 있기 때문에 그렇게 힘들게 살고 있다는 생각이 들었다.

마담은 울고 있는 승희를 유심히 쳐다보더니 다가왔다.

"학생, 무슨 일이 있나 봐. 무슨 글을 읽으면서 우는 거야? 방해가 되지 않는다면 무슨 사연이 있는지 물어봐도 될까?"

여자는 무척 다정한 목소리로 물었다. 가까이 본 그녀는 매우 친절하고 자상한 인상을 지니고 있었다.

"이 집이 문을 연 지 20년도 넘었다면서요?"

승희는 눈가의 물기를 손수건으로 훔치며 물었다.

"그럼, 25년이나 되었지. 우리 집이 오래된 걸 어떻게 알아?"

여자는 아예 그녀 앞에 마주 앉아 물었다.

"제 부모님이 연애시절에 여기에 자주 들러서 차를 마셨대요."

"저런, 대를 이은 손님이네. 이건 내가 그만큼 나이를 먹었다는 소리인가?"

여자는 장탄식처럼 소리를 끊고 자조적인 웃음을 웃었다.

"우리 레테에서 만난 커플의 딸이 이렇게 장성했는데, 나는 그동안 무엇을 했는지 몰라. 학생을 보면 학생 부모님은 20년 전에 여기를 다녔다는 이야긴데?"

"이곳에 촛불을 테이블마다 켜놓았던 시절에 자주 들르셨대요."

"맞아. 내가 미국 가기 전에 테이블마다 초를 켰던 적이 있어. 미국 갔다가 10년 전에 돌아와서 다시 이 가게를 인수했는데, 그때 주인이 촛불 때문에 불이 날 뻔했다고 해서 촛불을 켜지 않게 된 거야."

마담은 묻지도 않은 이야기까지 해주었다.

"그런데 학생이 지금 눈물이 날 정도로 감동적으로 읽고 있는 그것은 무엇일까?"

그녀는 몹시 궁금하다는 듯 물었다. 승희는 지금 자신의 기분 속에 누군가를 끌어넣고 싶지 않았지만, 마담이 어쩌면 아버지를 알고 있을지 모른다는 생각에 대답을 했다.

"아버지의 일기장이에요."

"딸이 아버지의 일기장을 읽으면서 눈물을 흘리고 있다. 무슨 사연이 있는 것 같은데? 무슨 안 좋은 일이라도 있어요?"

여자는 안 좋은 일이라면 자신이 나서서 돕기라도 하겠다는 듯 다감한 표정으로 물었다. 그러자 승희는 조금이라도 위안을 얻고 싶은 마음과 여자의 도움이 필요할 것 같다는 생각에 그녀에게 물었다.

"몇 달 전에 이곳에 들러서 창가에 앉아 글을 쓰면서 '골트베르크 변주곡'을 신청하던 남자 분 기억하세요?"

"그러고 보니 그 사람인 것 같은데! 맞아, 학생을 보니까 그이가 생각나네. 그는 바로 학생이 앉은 바로 그 자리에서, 맞아, 학생이 가지고 있는 그 노트야. 밤색 커버! 맥주를 시켜놓고 그 노트에다 뭔가를 열심히 적곤 했어. 맞아, 음악도 이 음악이야. 맥주를 세 병쯤 시켜놓고는 서너 시간쯤 앉아 있다가 가곤 했지."

마담은 놀랍다는 듯이 눈을 크게 뜨고 일기장과 승희를 번갈아 바라보며 말했다. 승희는 그 사람이 아버지라는 것을 직감적으로 느낄 수 있었다.

"어떻게 생긴 분인데요?"

"키는 조금 큰 편이고 약간 마른 체격에 핸섬한 40대 후반의 아저씨였어."

"맨 마지막으로 그 분이 여길 오신 게 언제였어요?"

"두 달쯤 전에도 오셨었지, 아마."

"정말이에요?"

승희는 거의 비명을 지르다시피 물었다.

"그래, 추석 바로 며칠 전이었던 것 같은데."

그렇다면 아버지가 집을 나간 지 한 달도 더 지나서였고, 그때까지는 서울에 계셨다는 이야기가 된다.

"그 다음에는 안 오셨어요?"

"응."

"옷차림은 어땠어요?"

"글쎄, 그냥 수수한 남방차림이었던 것 같은데. 왜 아버지에게 무슨 일이 있는 거야?"

승희는 무엇보다도 이 카페에 들를 정도라면 적어도 아버지가 길거리에서 노숙을 하고 있을 정도는 아니라는 생각에 안심이 되었다.

"누구랑 같이 오신 적이 있어요?"

"늘 혼자서 오셨어."

"두 분이 이야기를 나누신 적은 없으세요?"

"난 그 양반이 너무 눈에 익어서 말 좀 붙이려고 했지만 워낙 조용하신 분이라서 눈인사만 했을 뿐 아무 말도 나누지 못했어. 그래도 이 집에 오래 전부터 다니던 사람이란 것은 진작부터 알고 있었지."

마담은 자기 집 오랜 단골과 말도 한 마디 나누지 못한 것에 대해 변명을 하는 것 같았다.

"그런데 아버지에게 무슨 일이 있었던 거야?"

마담은 또다시 물었다.

승희는 아버지가 서울에 계시다면 앞으로 마담의 도움이 필요할지도 모른다는 생각에 아버지가 집 나간 사연을 구체적으로 이야기했다.

"저런, 아버지가 많이 상심을 하셨구나. 요즘 그런 사연이 꽤 많은 것 같아. 내가 한번 일기를 읽어봐도 될까? 도움이 되고 싶어서 그래."

승희는 아무 말 없이 일기를 건넸다.

마담이 일기를 읽는 동안 승희는 아버지가 다시 오면 연락해달라고 부탁을 해야겠다고 생각했다. 그리고 아버지는 어디에 있다가 이곳에 모습을 나타냈던 것일까, 생각했다. 마담은 아버지의 일기를 읽으며 연신 고개를 끄덕거렸다. 마담이 일기를 반쯤 읽었을 때, 손님 두 사람이 들어왔다.

"정말 대단한 아버지다. 잠깐 손님 시중 좀 들고 마저 읽을게. 아직 안 갈 거지?"

승희는 말 없이 고개를 끄덕였다.

승희는 영건에게 전화를 걸었다. 영건은 봄에 그룹 미팅에서 만난 대학 3학년생이다. 그는 전자공학과를 다니고 있는데 승희에게 컴퓨터도 가르쳐주었고, 갑자기 성적이 떨어졌던 수학도 가르쳐주고, 술도 처음 가르쳐준 – 아버지 말고 – 남자였다. 승희는 집안일로 힘들 때마다 그를 만나서 위안을 받고 있었다.

그들은 아버지를 찾을 만한 여러 가지 아이디어를 내면서 이야기를 나누었다. 그는 승희가 학교에 있을 시간에 자기에게 전화를 한 것에 깜짝 놀랐다. 그래서 그녀는 영건에게 아버지의 일기를 발견한 이야기를 했다.

"나, 학교 도서관에 있어. 너는 어디 있는데?"

"나, 광화문. 보고 싶어, 오빠."

승희는 정말 영건이 보고 싶었다.

"1시에 강의가 있는데 그 강의 끝나는 대로 곧장 나갈게. 미안해. 중요한 강의라서 꼭 들어야 하거든. 3시에 안국역, 인사동 골목 입구에서 보자."

"알았어."

벽에 걸린 뻐꾸기시계는 11시 35분을 가리키고 있었다. 영건을 만나려면 아직 3시간 이상을 기다려야 한다. 무엇을 하며 그 시간을 기다릴 것인가. 그때 승희의 휴대전화가 울렸다. 영건과 통화를 하고 전원을 끄지 않았던 것이다. 어머니였다. 그녀는 잠시 망설이다가 전화를 받았다.

"승희야. 너, 지금 어디 있니? 너, 엄마한테 그러고 나가는 법이 어디 있어? 지금 엄마는 가슴이 떨려서 아무 일도 못하고 있어. 너, 지금 어디 있어?"

"나, 광화문에 있어."

"광화문 어딘데?"

"레테라는 카페야."

잠시 어머니의 침묵이 이어졌다. 어머니는 충격을 받고 생각에 잠겼다.

"네가 거긴 왜 가 있어. 아빠에게 무슨 소식이 있었니?"

어머니의 목소리는 낮게 가라앉아 있었다.

"아니."

"그런데 네가 거기를 어떻게 알아? 승희야, 곧 있으면 중국에서 온 손님과 미팅이 끝나거든. 내가 그리로 갈 테니까 거기서 점심을 시켜먹고 있어. 엄마랑 얘기 좀 하자."

"오지 마. 나갈 거야."

승희는 아무 일도 못하고 있다는 어머니가 중국 사람과 미팅을 하고 온다는 말에 발끈했다. 어머니는 늘 그런 식이었다. 그 중국 사람과의 일이 늦어지면 2시에 올지 3시에 올지 알 수 없는 일이 었다.

"승희야, 너 그러지 마라. 너까지 그러면 나는 어떻게 하니. 밥 먹고 기다리고 있어. 제발."

"알았어요."

승희는 마지못해서 승낙했다. 그러나 1시까지 어머니가 오지 않으면 나가기로 마음먹었다.

"어머니야? 이리로 오신데?"

전화를 끊자 그 사이에 돌아와 아버지의 일기를 읽고 있던 마담이 물었다.

"예."

"어머니가 여기 오시면 잘 의논해서 아버지를 찾도록 해. 아버지의 이 일기는 정말 감동적이다. 이건 일기가 아니라 편지야. 일급 연애편지라고. 이 세상에 이런 마음을 가지고 살고 있는 남자가 있다니. 마치 소설 같아. 그러고 보니까 너희 아버지는 연애시절 이후에도 간간이 여기를 들렀던 것 같아. 추억을 음미할 줄 아는 남자야. 20년 전에 우리 집에 왔던 그 커플이 생각나는 것 같구나. 어머니가 키가 크고 안경을 썼었지?"

"예."

승희는 아무 생각 없이 대답했다. 그녀는 딴생각을 하고 있었다. 그렇다. 아버지는 집을 나간 후에도 이곳에 들렀다. 그러면 아버지는 서울에 있다는 이야기다. 아버지가 가 있을 만한 곳을 생각해보았다. 그러나 안개 속에 있는 것처럼 그녀는 아무것도 떠오르지 않았다.

승희는 이미 아버지가 가 있을 만한 곳을 다 찾아보았다. 그녀가 알고 있는 아버지 친구들의 모습을 떠올려 보았다. 그러나 그들은 모두 아버지의 행방에 대해서 모르고 있었다.

"우리 아버지가 여길 다시 올 것 같아요?"

"그래, 오실 거야. 오시면 내가 꼭 붙잡고 보내지 않을게. 학생 전화번호 좀 적어줘. 이렇게 예쁜 딸을 울리는 아버지가 있다니 말도 안 돼. 아버지만 돌아오시면 다시 행복한 가정이 될 거야."

마담은 자신의 바람을 가득 넣어서 말했다. 승희는 마담의 그 말을 듣자 다시 슬픔이 가슴 가득 고이는 것 같았다. 승희는 얼른 볼펜을 꺼내서 이름과 휴대전화 번호를 적어주었다.

"그래, 내가 꼭 연락할 테니 재빨리 달려와야 해."

마담은 마치 아버지가 곧 이곳에 온다고 약속이나 한 것처럼 그렇게 말했다. 그녀가 고개를 끄덕거렸다.

"아버지 일기를 보면 어머니가 대단한 경제적 능력을 가지신 분 같은데, 두 분 사이가 그렇게 나쁜 사이 같지도 않고. 이번 기회에 두 분이 대화를 나눌 수 있다면 다시 행복해질 수 있을 거야. 어머니가 이 글을 읽고 나면 마음이 많이 달라질 것 같다."

시계 속의 뻐꾸기가 머리를 내밀고 열두 번을 울다가 제 집으로 들어갔다. 뻐꾸기시계가 울고 나자 사람들이 마법에 걸린 것처럼 밀려들어오기 시작했다. 이곳은 사무실이 많은 거리의 카페들처럼 낮 시간에는 식사를 할 수 있는 곳이었다.

언제 들어왔는지 일하는 여자 둘이 서빙을 시작하고 있었다. 종업원들이 드나드는 뒷문이 따로 있는 모양이었다.

마담은 점심시간이 되자 카운터를 보느라 정신이 없었다. 사람들은 식사를 마치고 서비스로 제공되는 커피를 마시며 느긋하게 담소를 즐기고 있었다.

뻐꾸기시계가 1시를 알렸다. 어느덧 사람들이 썰물처럼 빠져나가고 없었다. 결국 어머니는 오지 않았다. 승희는 일어나서 나가야 한

다고 생각했지만 전원이 나간 기계처럼 그대로 앉아 있었다. 그렇게
된 이상 2시까지 기다려보기로 했다. 3시에는 영건을 만나러 가야
하니까 어차피 나가야 했다.

승희는 이곳저곳 아버지의 일기를 아무렇게 나 펼쳐서 나오는 부분을 읽으면서 다시 생각에 잠겼다. 차분한 마음으로 다시 아버지의 글을 읽자니 아버지는 자신의 관심사에 대해서 해박한 지식을 가지고 있다는 것을 깨닫게 되었다. 아버지는 승희와 승태에게 아버지 노릇을 제대로 하지 못한 것에 대해서도 적고 있었다. 그러나 그것은 아버지가 가지고 있는 자신만의 교육관이기도 했다.

2008년 6월 2일

사랑하는 안젤라.

라일락이 모두 지고 있소. 라일락이 지면 여름이 온다고 했던

가. 오늘은 아이들 교육 이야기를 하고 싶소. 남들은 조기유학을 보낸다고들 난리인데 당신이 애들을 위해 준비해둔 돈까지 날려버린 내 심정을 어떻게 말로 다하겠소.

그러나 나는 아이들의 교육은 외국물을 일찍 먹는다고 잘 되는 것은 아니라고 생각한다오. 아이들이 부모를 떠나서 철없는 어린 시절을 보내면 자칫 영영 돌이킬 수 없는 결과를 초래할지 모르오. 부모의 정과 가족과의 화합을 못 느끼고 타국에서 뼈저린 고독을 느끼며 자라난다는 것은 생각만 해도 끔찍한 일이지 않소?

사랑하는 안젤라.

우리는 한때 정말 잘 맞는 부부였소. 그러나 이제는 아이들의 교육 문제에 대해서도 서로 아무것도 의논할 것이 없다니. 설령 의논을 하게 되더라도 싸움밖엔 안 되고 결국 당신의 뜻대로 처리되고 말 것이란 것을 알고 있소.

그래서 나는 가끔 화가 나오. 그러나 이해해주기 바라오. 나는 당신에게 화를 내는 것이 아니라 이 모든 것을 결정하고 운용하고 있는 현실에 화를 내는 것이오. 나는 당신이 그것을 이해하는 날이 오리라고 믿고 있소.

그리고 아버지는 계속해서 쓰고 있었다.

이 세상은 돈 때문에 모든 것이 망가져버렸소. 당신은 죽은 내 동생이 욕심이 과해서 그렇게 되었다고 말하지만, 그 애는 돈 때문에 망가진 것이 아니라오. 그는 돈이 신처럼 대접받는 이 세상에서 그 우상의 신을 부수고자 노력했던 인간인 탓에 신의 노여움을 산 것인지 모른단 말이오.

아버지는 4년이 지난 지금도 작은아버지의 죽음으로 인한 부채에서 벗어나지 못했다. 아버지는 회사의 부도보다는 작은아버지의 죽음에 대해 더 절망하고 가슴 아팠던 부분을 이렇게 적고 있었다. 그리고 자신이 나아갈 길에 대해서도 심사숙고하고 있었다.

그의 죽음은 나를 모든 것으로부터 회의적이게 만들었던 것 같소. 당신도 알다시피 동생은 천재적인 사업가였지. 동생이 에이스 컴퓨터란 제국을 이룩한 것은 만 3년도 안 되는 시간 동안의 일이었소. 그때 그의 주위에는 구름처럼 많은 사람들이 몰려들었고 매스컴을 비롯한 주위의 칭송이 자자했었지.
그러나 지금 동생은 사회적인 물의를 일으킨 자로서 매도당하고 있소. 나야 한낱 관리자에 불과했지만 동생이 그렇게 취급당하는 것은 냉혹한 자본의 논리라고 생각하오. 과정은 생략하고 불의를 범하더라도 경제적인 성공을 거둔 자만이 대접을 받는 풍토는 건전한 기업가마저 그렇게 죽음으로 몰아넣고 있소.
사랑하는 안젤라.
그래서 나는 내가 할 수 있는 일에 대해서 생각해보았소. 나는 교원자격증이 있고 운전면허증도 있소. 즉, 교사를 하거니 운

전을 할 수 있다는 말이오. 당신은 컴퓨터 회사의 간부 일을
본 사람이 얼마나 무능하면 일을 못 구하냐고 하겠지만 누가
나이 먹고 망한 회사의 일을 한 사람을 데려다 쓰겠느냐 이거
요. IMF 이후 대학을 갓 졸업한 쟁쟁한 젊은이들도 일자리가
없다는 것은 당신도 잘 알고 있을 것이오.

그래서 나는 물장사를 시작했지. 당신도 알다시피 물장사는 힘
든 일이었소. 그러나 땀 흘린 만큼 벌 수 있다는 보람이 있는
일이었지. 내가 생수공장 사장에게 사기를 당하지만 않았다면
지금도 생수통을 지고 나르고 있을 것이라오.

이렇게 아버지는 물장사를 하는 데도 사변적이었다. 아버지는 다
음과 같이 결론을 내리고 있는 것 같았다. 아버지는 일과 휴식과 돈
이 잘 어우러진 세상을 꿈꾸고 있었다.

사랑하는 안젤라.

이것은 어디에서 읽은 이야기인데 우리 삶에 있어서 시사하는
바가 크다고 생각하오.

「두 사람의 벌목꾼이 벌목을 하고 있었다. 한 사람은 인생의
연륜이 어느 정도 있는 중년의 남자요, 다른 하나는 패기 발랄
한 젊은 청년이었다. 나무를 벤 만큼 일당이 계산되기 때문에
두 사람은 최선을 다해야만 했다. 나이든 벌목꾼은 한 시간 일

하고 십 분 정도 쉬면서 일했고, 젊은 벌목꾼은 조금이라도 더 돈을 벌기 위해 쉬지 않고 일했다.

날이 어두워지고 계산하는 시간이 되었다. 그런데 이상한 것은 쉬지 않고 일한 청년보다 적당히 쉬면서 일한 중년의 벌목꾼이 더 많았다.」

휴식이 곧 힘이 되고 노동은 노동 그 자체로서 의미를 가질 뿐이라는 이야기라오. 거기에 덧붙여서 나는 그 노동과 휴식에 보답하여 지급되는 돈의 배분은 그 다음에 있을 휴식의 가치에 비례해야 한다고 생각하오. 그래야만 세상의 부가 골고루 나누어지고 형평의 원칙이 만들어지기 때문이지.

나는 그것을 하늘의 이치로서 깨닫고 있소. 여름의 뜨거운 태양 아래 땀 흘려 일하고, 수확을 거둬들이는 가을에는 수확이 기쁨을 누리고, 겨울에는 평온하게 휴식을 꿈꾸는 농부들의 순박한 삶을 통해, 다음 해의 삶과 세상의 꿈을 이해할 수 있어야 하는 것이라오.

승희는 여기까지 읽다가 아버지가 이 일기를 쓴 의도가 자신에게 살아가는 방법을 가르쳐주기 위해서라는 것을 깨달았다. 말하자면 이 일기는 아버지의 인생의 고백이자 정리이면서, 자식들에게는 삶의 지침서였다.

승희는 아버지의 일기를 덮었다. 아버지는 거듭되는 사회적 실패와 좌절에도 불구하고 자신의 일을 찾아 끊임없이 노력하고 있었고, 또 그 결과가 성공과는 동떨어진 것이라도 찾아야 할 가치가 있는 것이라면 열과 성을 다해서 시도했다. 그러나 아버지는 매번 세상에 너무 휘둘렸고, 돈이 되지 않는 순수한 정열을 이해하지 못하는 어머니의 무시와 경멸은 아버지를 점점 더 침체의 나락에 떨어지게 하고 있었다.

어머니가 위선의 가면을 쓰고 점점 자본주의의 승자가 되어가고 있었다면, 아버지는 자신과의 싸움 때문에 악마에게 짓눌리듯 가쁜 숨을 몰아쉬고 있었던 것이다. 어머니는 지금쯤 돈을 벌기 위해서 중국 사람들과 만나 상담을 하고 맛있는 요리를 먹으면서 웃고 있을 것이다. 승희는 문득 어머니를 골려주고 싶다는 생각이 들었다.

승희는 똑똑하고 도도한 어머니를 싫어하거나 미워한 적이 없었다. 어머니와 아버지가 사소한 언쟁을 하고 냉전 상태일 때도 어머니가 잘못했다는 생각을 한 적도 없었다.

그런데 그녀는 아버지가 집을 나간 이후로 솔직한 감정을 숨기고 일부러 잘난 척하고 도도한 어머니가 싫었고, 그래서인지 어머니가 모든 것을 잘못한 것처럼 느끼고 있었다. 자신이 약해지는 것이 싫어서 일부러 아버지에 대한 생각의 회로를 머릿속에서 차단시켜 놓고 기계처럼 살고 있는 어머니를 이해할 수 없었다. 그리고 아버지의 일기를 읽고 나서는 그런 생각이 더욱 굳어졌다.

1시 반이 되자 곧 가겠다는 어머니의 전화가 왔다. 승희는 아무것
도 생각하지 않고 그저 온몸에 힘을 빼고 드나드는 사람들과 창밖을
내다보기만 했다. 마담이 와서 무엇을 좀 먹어야 하지 않느냐고 물
었지만 고개를 저었다.

뻐꾸기가 두 번 머리를 내밀어 2시가 되었음을 알렸다. 승희는 자리에서 일어났다. 그녀가 카운터로 가자 마담이 놀라는 눈으로 쳐다보며 말했다.

"어머니가 오신다면서 왜 가려고?"

"2시가 넘으면 안 오실지도 모른댔어요. 만약에 어머니가 늦게라도 오셔서 이야기를 나누게 되더라도 일기 이야기는 하지 마세요. 제가 직접 말씀드리고 싶거든요."

승희는 진심으로 그렇게 말했다.

"그래, 아버지가 오시면 꼭 연락할게. 빨리 달려와야 한다."

"네, 부탁드려요."

승희는 레테를 나와서 다시 세종문화회관 계단으로 올라갔다. 계단을 다 올라가서 뒤를 돌아보니 어머니의 빨간색 승용차가 레테 앞에 서는 것이 보였다.

어머니는 빨간색 정장을 입고 차에서 내렸다. 어머니는 정열의 상징인 빨간색 코디를 애용하고 있었다. 승희는 어머니가 차에서 내리는 것을 그냥 보고 서 있었다. 어머니는 곧 빠른 걸음으로 레테로 올라갔다.

어머니가 레테의 이층 계단 위로 올라가는 것을 보고, 승희는 저절로 태엽이 풀린 로봇처럼 세종문화회관 반대편 계단을 내려가서 지하도를 건넜다. 거의 지하도를 다 건넜을 때 휴대전화가 울렸다.

"승희야, 엄마가 온다는데 기다리지 않고 어딜 간 거야? 너, 어디 있니?"

어머니의 목소리는 차분하고 낮았다. 음악이 흐르는 것으로 보아 레테에 앉아서 전화를 거는 것이 분명했다.

"엄마, 나 하얀집으로 가고 있어. 엄마랑 아빠랑 삼청동 공원에서 첫 키스하기 전에 술 마셨다는 곳."

그녀가 엉뚱한 소리를 했다.

"승희야, 네가 그걸 어떻게 알았니?"

어머니는 놀란 감정을 억누르고 물었다.

"아버지가 말해줬어."

그녀는 계속해서 딴소리를 했다.

"언제? 언제 연락이 왔니?"

어머니는 초조한 목소리로 달래 듯 물었다.

"아니, 옛날에 말해줬어."

승희는 나른한 목소리로 말했다. 그녀는 스스로 태엽이 풀린 인형 같다고 생각했다.

"왜 그러니? 너 무슨 일이야? 술 마셨니? 알았다. 내가 그리로 갈 게. 하얀집이 아직 거기 삼청동에 있는 거 맞아?"

어머니가 허둥거리는 목소리로 물었다.

"그걸 내가 어떻게 알아."

승희는 마치 어머니를 골려주려고 작정한 듯 엉뚱한 말을 중얼거렸다. 그녀는 그 집이 총리공관 앞에 있다는 것을 이미 보고 왔지 않은가.

"지금 어디니? 내가 지금 너 있는 곳으로 가마. 거기 그냥 서 있어라. 대체 어디야?"

어머니는 몹시 답답하고 초조한 목소리로 다급하게 물었다.

"몰라. 난, 하얀집으로 갈 거야."

승희는 전화를 끊었다. 그녀는 자신이 왜 그렇게 어머니를 피곤하게 만드는 것인지 알 수 없었다. 그렇다고 그녀가 어머니를 미워하고 있거나 무슨 보복을 하고 있는 것은 아니었다. 다만 어머니도 가면을 쓰지 말고 세상의 쓰라림을, 아버지가 느낀 무참한 기분을, 그

절망의 절반이라도 느껴보아야 한다는 생각이 들었을 뿐이다. 그래야만 가족 안에서조차 버림받은 기분을 견디지 못하고 집을 떠나야 했던 아버지를 이해할 수 있을 거라고 생각했다. 승희는 자신이 지금 잘하고 있는 것인지 알 수 없지만 그래야 한다는 내면의 부름을 따라 움직이고 있다고 확신했다.

승희는 어머니에게 하얀집으로 간다고 말했지만 영건을 만나기 위해서 안국동 쪽으로 걷고 있었다. 그러나 어머니를 놀리고 있다는 생각보다는 어머니가 아버지와의 추억의 현장을 직접 답사하며 아버지를 다시 생각해야 한다고 믿었다. 어머니는 그렇게 추억의 거리를 방황하다가 하얀집 같은 추억의 장소에 가서 아버지를 추억하며 아버지를 새롭게 인식해야 한다.

승희는 오늘 어머니와 아무런 이야기도 하고 싶지 않았다. 누가 무엇을 이야기해주는 것보다 어머니 스스로 아버지를 깨닫고 아버지의 일기를 읽어야 한다고 생각했다. 승희는 어머니가 자기를 나쁜 계집애라고 욕을 해도 좋았다. 그러면서 저녁에 집에 돌아가서 어머니에게 일기를 보여주어도 늦지 않는다고 스스로 위안했다.

승희는 미국 대사관과 문화공보부의 쌍둥이 건물 앞을 지나 시민 열린마당을 지나 동십자각을 바라보면서 한국일보 쪽으로 걸어가다가 바로 그녀 앞으로 어머니의 빨간 승용차가 지나가는 것을 보았다. 그 순간 온몸에 전류가 짜르르 흐르는 것을 느끼며 동십자각 아래 일차선에서 좌회전 신호를 기다리며 서 있는 어머니의 차를 바라보았다. 그녀는 자신도 모르게 아까 건너왔던 지하도를 건너서 출판문화회관 쪽으로 걸어 나왔다. 어머니의 차는 이미 신호를 받아 삼청동 쪽으로 가서 보이지 않았다.

그녀가 동십자각 출판문화회관 앞에 우두커니 서서 어머니의 차가 달려간 삼청동 쪽을 바라보고 서 있을 때 어머니에게서 다시 전화가 왔다.

"너 하얀집에 안 있고 어디 있니?"

어머니가 하얀집에 도착한 모양이었다.

"엄마랑 아빠가 걷던 길을 걷고 있어."

그녀는 여전히 나른한 목소리로 말하고 있었다. 그녀는 이미 딴사람이 되어 있었다.

"거기가 어딘데?"

어머니는 지친 듯이 낮은 한숨을 내쉬었다.

"엄마랑 아빠가 출판문화회관에서 한 달에 한 번씩 있었던 시낭송회를 마치고서 차를 마시던 '국전'이라는 카페가 있어. 지금은 '무드리'라는 레스토랑으로 이름이 바뀌었어."

"승희야, 그걸 네가 어떻게 알았는데? 너, 정말 어디 있니?"

어머니가 사정조로 물었다.

"무드리로 가고 있어."

"정말이니?"

"응."

"아빠에게서 언제 연락이 왔니? 오늘 정말 연락이 왔어?"

"아니."

"그럼?"

승희는 그 레스토랑이 있는 건물 2층 계단을 지나 3층 계단에 올라서며 일기장을 펼쳐서 아버지가 그 카페에서 어머니에게 들려주었다는 예이츠의 시를 읊었다.

술은 입으로 오고

사랑은 눈으로 오나니

그것이 우리가 늙어 죽기 전에

진리로 알 전부이다.

나는 입에다 잔을 들고

그대 바라보고 한숨짓노라.

어머니는 생각을 바꾸었는지 조용히 듣고만 있었다. 어머니가 흐느끼는 소리가 들리는 것도 같았다.

"승희야, 지금 어디 있니?"

"무드리란 레스토랑으로 가고 있어."

승희는 어떤 악마가 자신을 조종하고 있다고 느끼며 희열에 휩싸였다.

"승희야!"

어머니가 비명에 가까운 목소리로 말했다.

"내가 갈게. 너, 꼼짝 말고 거기 있어."

조금 있으려니까 어머니의 차가 길 건너편에 나타났다. 승희는 그 레스토랑 3층 계단 유리 창가에 서서 아래를 내려다보고 있었다. 어머니가 길가에 차를 세우고 내리는 것이 보였다. 어머니는 파란 신호를 기다리면서 길 건너편에서 초조한 눈길로 그녀가 서 있는 건물을 바라보고 있었다.

어머니는 그 건물 3층에서 승희가 내려다보고 있다는 것은 꿈에도 생각하지 못하고, 이리저리 거리를 바라보다가 빠른 걸음으로 길을 건넜고 곧바로 지하의 무드리로 들어갔다. 승희는 어머니를 따라 레스토랑으로 들어갈 생각은 하지 않고 그저 밖을 내다보고 서 있었다. 승희는 무단 주차를 한 어머니의 차를 경찰이 와서 딱지를 붙이거나 견인해갈 때까지 어머니가 레스토랑에서 나오지 않는다면 그 레스토랑으로 들어가겠노라 생각하고 아무 생각 없이 바깥을 응시하고 서 있었다.

승희의 휴대전화가 다시 울렸다. 그러자 그녀는 휴대전화의 전원을 다시 껐다. 10분쯤 지나자 어머니가 레스토랑을 나와 비틀거리는 듯한 모습으로 다시 차에 올라타는 것이 보였다.

어머니의 뒷모습은 몹시 지치고 헝클어진 듯이 보였다. 잠시 후에 어머니의 차가 승희의 시야에서 사라졌다.

'그래, 엄마도 저렇게 방황을 해보아야 해. 저것밖에 기다리지 못하고 간 걸 보면……. 어머니는 더 당황하고 더 혼란스런 고통을 느껴보아야 해.'

그녀는 악마의 마수에 걸린 듯 주술을 외우듯이 그렇게 중얼거렸다. 그러면서 자신이 제정신이 아니라는 생각을 했다. 어머니는 사실 아무런 잘못도 없었다. 오히려 식구들을 먹여 살리기 위해서 헌신하고 힘들게 살아왔다. 그런데 그녀는 왜 이렇게 자신이 어머니에게 잔인한 행동을 하는 것인지 알 수 없었다.

승희가 천천히 계단을 내려왔다. 순간 온몸의 기운이 빠져서 껍데기만 걷고 있는 것 같았다.

승희는 천천히 길을 건너서 안국동 쪽으로
걸어갔다. 반쯤 정신이 나간 상태였다. 그러나 어머니가 오늘 과거
의 거리를 처절하도록 헤매보아야 한다는 생각에는 변함이 없었다.
어머니는 지금쯤 바쁜 약속이 있어서 회사로 돌아가고 있는지도 모
를 일이다. 아, 어머니가 다른 곳으로 갈 곳도 없지 않은가……. 그
녀는 육신이 황금색 낙엽 밑에 물처럼 스며든 것 같았다.

문득 승희는 어머니는 지금 어떤 기분일까, 하는 의문이 들었다.
어머니는 승희를 못된 딸년이라며 이를 부드득 갈면서도 어찌된 영
문인지 몰라 발만 동동 굴렀다. 승희가 어떻게 그들의 연애시절을
다 알아내서 아침부터 난리를 치며 자신을 희롱하고 있는지 골똘히
생각에 잠겨 있을 것이다.

승희는 한국일보 앞을 지나 안국동 역을 향해서 걸어갔다. 영건은 벌써 와 있었다. 그녀를 보자 영건의 두 눈이 놀라움으로 커졌다.

"너, 정말 무슨 일이 있는 모양이구나. 눈이 토끼 눈처럼 빨게. 많이 울었니?"

그녀가 고개를 끄덕거렸다.

"왜? 아버지에게 무슨 나쁜 소식이라도 있었어?"

그녀가 고개를 저었다.

"별일 없어."

"별일 없긴, 눈이 토끼 눈처럼 빨게 가지고. 무슨 일이야?"

"날은 추워오는데 집 나간 아빠는 연락도 없고, 그래서 그래."

"그래, 걱정이구나."

"오빠, 우리 막걸리 마시자."

영건이 더욱 놀란 눈으로 그녀를 쳐다보았다.

"아니, 너 아빠 일 말고 또 다른 문제 있니?"

"막걸리 사주면 이야기할게."

"너 술 잘 못하잖아?"

"아빠가 주태백인데, 내가 왜 못 마시겠어?"

"그런데, 왜 대낮에 막걸리냐?"

"아빠가 20년 전에 다니신 술집을 알아냈거든."

"뭐야, 20년 전의 막걸리 집이 아직도 있다고? 어딘데?"

"응, 따라와서 돈만 내."

영건은 어이없다는 표정으로 승희를 바라보았다. 우리는 골목을 몇 바퀴 돌다가 겨우 그 집을 찾아냈다. 간판도 없는 그 허름한 막걸리 집은 인사동 종로 쪽 골목 끝에 있었다. 이른 시간인데도 막걸리 집 안은 사람들로 붐볐다.

"야, 대단하구나. 나도 이 집 이야기를 들어본 것 같아. 이 집이 그렇게 오래된 집이구나."

영건이 자리에 앉으며 주위를 둘러보며 말했다.

그 집의 메뉴는 간단했다. 막걸리와 안주 두 가지 뿐이었다. 주문도 안 했는데 막걸리가 주전자 째 나왔다. 누런 주전자는 얼마나 오래 되었는지 온통 찌그러져 있었다. 그들은 대접에 술을 가득 따르고 잔을 부딪쳤다. 승희가 술잔을 단숨에 비웠다.

"뭐야, 너 왜 그래?"

깜짝 놀란 영건이 물었다.

"아무 일도 아니라니까."

"아무래도 이상해. 너 아까부터 가슴에 꼭 안고 있는 건 뭐야?"

"아버지 일기장이야."

"뭐야, 그럼 오늘 그걸 발견한 거야?"

승희가 말없이 고개를 끄덕였다.

"응, 아빠가 집 나가시기 전 6개월 동안 쓴 거야."

"아버지가 어디로 가셨는지 소스를 찾아낼 수 있을지도 모르겠다. 어디 좀 보자."

영건이 자기 집안일처럼 희열에 들떠서 외쳤다. 승희는 일기장을 그에게 건네주었다. 그는 차츰 더 심각한 표정이 되어가면서 아버지의 일기를 탐독해 들어갔다. 승희는 다시 막걸리를 단숨에 들이켰다.

"야, 승희야. 너, 그러다 체한다. 술에 체하는 게 취하는 것보다 더 무서운 거야."

영건이 자못 걱정스러운 눈으로 승희를 보며 말했다.

"괜찮아. 취하고 싶을 땐 취해야 한다고 했어."

"누가?"

"우리 아빠가. 거기 그렇게 쓰여 있어. 어서 읽기나 해."

승희는 오이를 와작와작 씹으며 말했다.

"야, 그래도 천천히 마셔."

영건이 피식 웃으며 일기로 눈을 돌렸다. 승희는 그가 일기를 읽는 사이에 술을 한 잔 더 마셨고 오이와 당근을 모조리 먹어치웠다. 영건은 일기를 읽느라고 승희가 술을 더 마시는 것도 모르고 집중해 있었다. 승희는 이렇게 진지하고 매사에 집중하는 영건의 모습이 좋다고 생각하면서 술을 벌컥벌컥 들이켰다. 취기가 온몸을 타고 흘러내렸다. 점심도 먹지 않은 빈속에 막걸리가 들어가자 취기가 내장을 타고 머리꼭지까지 올랐다. 승희는 영건이 일기를 읽는 사이에 두리

번거리며 그 술집의 벽과 천장을 가득 메우고 있는 낙서를 보았다. 수많은 이들이 자신의 이름과 거기 온 날짜와 소망이나 탄식 같은 것을 적어놓았다.

'삶을 씹으며 생을 마시자.'
'10년 후 한 술 막걸리를 떠버리듯 널 버리고 난 혼자다. 그대 안에 내가 있어도 나는 외롭다.'

"야, 이건, 정말 감동적이야. 책으로 내도 될 정도야. 그런데 이 일기를 보고 뭐 집히는 거 없어?"

"무슨?"

취기가 잔뜩 오르기 시작한 승희는 건성으로 물었다.

"일기에 있는 이야기 중에 너희 가족만 알 수 있는 뭔가가 있을 거야. 너 이거 어머니께 보여드렸니?"

승희는 고개를 가로저었다.

"그 여자는 너무 바쁘고 도도해서 이런 것 읽을 시간이 없어."

승희는 술김에 영건에게 오늘 일어난 일을 모두 이야기했다.

"네가 그러는 것을 보니까 너도 아버지를 닮았다는 생각이 든다. 정말 너희 아버지는 대단한 내면 탐구자시다. 국어 선생님을 한 데다가 컴퓨터 회사를 하셔서 그런지 분석 능력이 대단하셔. 우리 사회가 왜 그런 분들을 받아들이지 않는지 모르겠어. 나는 이 일기를 읽으면서 너희 아버지가 지금 어디에서라도 멋진 일을 하고 계실 것 같다는 생각이 들었어."

"오빠도 그렇게 생각해?"

승희가 반색을 하며 물었다.

"그래, 그런데 아버지 아이디는 아직 못 찾았니?"

"응, 아빠 이메일이랑 파일들이 몽땅 지워져 있었어."

"그럼 어느 사이트를 자주 이용하셨는지도 몰라?"

"몰라."

"그러고도 네가 딸이라고 할 수 있어? 그러니까 아버지가 집을 나가셨지."

"맞아! 난 나쁜 딸이야."

"그래도 어머니에게 그렇게 한 건 좀 심했다. 어머니가 지금 얼마나 상심하고 계시겠니?"

영건이 말머리를 돌렸다.

"나도 왜 그러는지 모르겠어. 공연히 어머니를 괴롭히고 싶다는 가학 심리가 발동했어. 그리고 그게 꽤 재미있더라고. 우리 엄만 잘 났거든. 그런 엄마가 광화문 거리를 허둥거리며 헤매는 것을 보니까 정말 재미있었어."

승희는 눈물을 참으려고 천장을 응시하다가 참지 못하고 울어버렸다. 주위 사람들이 다 승희를 쳐다보았지만 그녀는 개의치 않고 평평 울었다. 승희는 한번 울음이 나오자 걷잡을 수 없는 파도처럼 슬픔이 덮쳐와 울음을 멈출 수 없었다. 영건이 당혹해 하며 승희를 달랬지만 소용이 없었다.

"너, 지금 취했어. 그만 마시고 나가자."

"취하긴 내가 왜 취해. 난 주태백이 아빠의 딸이라고. 이걸 먹고 취하면 우리 아빠 딸이 아니지."

승희가 억지를 부리며 술잔을 마저 비웠다. 더 마시고 취해버리고 싶다는 욕망이 몸속 가득히 퍼져 나갔다. 승희는 취기 어린 목소리로 술 한 주전자를 더 시켰다. 영건이 술을 취소시키면서 말했다.

"야, 너 그러지 말고 어머니께 전화해봐. 어머니도 우울해서 어디서 술 드시고 계신지 몰라."

"정말, 그럴까?"

"그럼, 너희 집에서 아버지를 가장 기다리는 것은 바로 어머니야."

"정말, 그럴까?"

그러자 승희는 영건의 생각이 옳다는 생각이 들었고, 다시 휴대전화의 전원을 켰다.

"야 인마, 어머니께 전화해. 어머니는 틀림없이 이 부근에 계실 거야."

승희는 취기 어린 몽롱한 눈으로 그를 바라보았다.

"오빠, 술 한 잔 더 하자."

"야, 너 이미 취했어, 그러지 말고 어머니께 전화나 하라니까."

"아니야, 한 잔 더 마셔야 해. 내가 좋은 곳을 알고 있으니까 가자."

"거기가 어딘데?"

"하얀집! 우리 엄마가 아직 아빠를 사랑한다면 거기서 술을 마시고 있을 것 같지 않아?"

"너희 아버지와 어머니가 술을 마시고 처음 키스했다던 곳?"

영건이 웃으며 말했다.

"그 사이에 자세히도 보았네."

"그래, 가보자! 만약 계시지 않더라도 실망하지 말고."

승희는 영건의 팔짱을 끼고 인사동 길을 빠져나와 북촌길로 접어들어 정독도서관을 지나서 곧바로 삼청동으로 들어가는 길을 걸었다. 그들은 하얀집이 있는 방향으로 걸었다.

승희는 하얀집으로 들어가다가 창가에 앉은 낯익은 여인의 모습을 발견했다. 아, 어머니였다. 어머니는 술잔을 앞에 놓고 마치 넋이라도 나간 사람처럼 앉아 있었다. 머리는 어머니답지 않게 헝클어져 있었고 손에는 담배가 들려 있었다. 어머니는 아까부터 거기 그렇게 앉아서 승희를 기다리며 술을 마시고 있었다. 어머니는 정말 낮 시간 이후 여기에 줄곧 앉아서 승희를 기다리고 있었던 것일까? 아니, 지나간 과거를 추억하면서 모처럼 깊은 회상에 잠겨서 고독을 즐기며 술을 마시고 있는지도 모른다. 승희는 순간 울컥하는 감동이 가슴을 쳤지만 개의치 않고 창가의 테이블로 걸어갔다. 그리고는 일부러 어머니의 등 뒤에 앉았다.

"오빠, 무슨 술 사줄 거야?"

승희는 어머니의 등을 바라보며 취기가 오른 목소리로 말했다. 어머니는 생각에 잠긴 채 담배를 피우고 있었다. 웨이터가 왔다.

"맥주 할까?"

영건이 물었다.

"싫어, 우리 엄마는 여기서 페퍼민트 차를 즐겨 마셨대. 나도 그걸 마시고 싶어."

승희는 또랑또랑하게 외치듯 말했다. 영건이 웨이터에게 페퍼민트 차를 주문했다. 그때 딸 목소리를 들었는지 어머니가 천천히 고개를 돌렸다. 어머니가 승희를 보더니 앞의 탁자를 짚고 한 손에는 여전히 담배를 든 채 일어섰다. 그리고 천천히 조금 흔들거리는 걸음걸이로 승희에게 다가갔다. 그녀는 어머니를 빤히 바라보며 그냥 앉아 있었다. 영건은 자리에서 벌떡 일어나며 고개를 숙여 인사했지만, 어머니의 안중에 그는 없었다.

"승희야, 너 왜 그러니? 술 마셨구나?"

어머니의 모습에서 취기가 느껴졌지만, 억지로 감정을 자제한 탓인지 목소리가 탁하게 가라앉아 있었다.

"앉아요, 학생. 난 이 애 엄마예요. 우리 승희 술 많이 마셨나요?"

어머니는 최대한의 인내심을 발휘하려고 결심한 듯이 낮은 목소리로 말했다. 어머니는 생각보다 많이 취해 있었다. 어머니는 승희가 남자와 이곳에 온 것에 대해서도 그다지 놀라지 않았다.

"많이 마시진 않았습니다. 어머님과 아버님이 자주 가시던 인사동 막걸리 집에서 막걸리를 마시고 이리로 걸어왔습니다."

영건이 자리에 앉으며 말했다. 어머니는 차츰 취기가 가신 차분한 눈초리로 딸을 바라보았다. 승희는 취했고 조금은 피곤한 상태에서 초췌해 보이는 어머니의 얼굴을 마주 보았다. 어머니는 어디서 세수를 했는지 화장기가 없는 맨얼굴이었다. 잔주름이 조금 깊어 보였고 그래서 정말 어머니다운 얼굴처럼 보였다.

"그래, 이 집도 20년 전에 승희 아버지랑 연애할 때 자주 다니던 집이지. 그런데 승희야, 레테나 막걸리 집, 이 집을 다 어떻게 알아냈니? 정말 무슨 연락이라도 온 거야?"

"아빠가 집 나가기 전에 쓴 일기장에 적혀 있었어. 오늘 그걸 찾았어."

승희가 아주 담담하게 말했다. 딸의 말을 들은 어머니는 잠시 허공을 바라보더니 다그쳐 물었다.

"네 아빠가 쓴 일기가 있었다고? 그 일기가 어디에 있었는데? 어디에?"

"아빠 책장 속에 있었어."

"어디 좀 보자."

"휴지통에 버렸어. 봐서 뭐하게."

승희는 자신도 모르게 그렇게 말했다.

"뭐라고? 이 못된 계집애."

순간적으로 화를 못 참은 어머니가 승희의 뺨을 '찰싹' 하고 때렸다. 승희는 얼얼해진 뺨을 만져볼 사이도 없이 울음 섞인 목소리로 말했다.

"왜? 그런 것은 있으나 마나 아니야? 엄마는 엄마대로 잘살고 있잖아. 아빠가 없어도 엄마의 인생이 달라진 게 없는데, 아빠의 일기 따위가 있는 게 무슨 소용이야."

승희는 발작을 하듯이 소리쳤다.

"어머님, 아버님 일기는 여기 있습니다."

영건이 당황해 하며 자신의 가방에 넣었던 일기를 어머니에게 건네주었다.

"고마워요, 학생. 화를 내서 미안해요."

어머니가 사태를 수습하며 낮은 목소리로 말했다. 그리고 어머니는 서둘러 일기장을 펼쳐 들고 아버지의 글을 이곳저곳 읽어 내려갔다. 어머니의 눈에 눈물이 맺히더니 두 뺨을 타고 흘러내렸다.

잠시 후 웨이터가 술을 가지고 테이블 앞으로 다가왔다.

"오, 페퍼민트네. 나도 이걸로 한 잔 더 주세요."

어머니는 페퍼민트 차를 주문한 후 승희의 손을 잡았다.

"아빠 일기에 페퍼민트도 적혀 있던?"

승희는 참았던 눈물을 흘리며 고개를 끄덕였다.

"나쁜 사람. 그런 걸 왜 일기에다만 적어두었데?"

어머니는 누구에겐지 모르게 그렇게 물었다. 마치 아버지에게 묻고 있는 듯했다.

"정말 왜 나한테는 한마디 말도 없었데?"

어머니는 또 누군가에게 물었다.

"아빠는 엄마와는 대화를 할 수 없다고 생각하셨어."

승희가 말하자 어머니는 아무 말 없이 두 손으로 얼굴을 감싸 쥐었다. 어머니는 울고 있었다.

"내가 그렇게 나쁜 마누라였대?"

어머니는 회한이 서린 목소리로 물었다. 승희는 대답하지 않았다. 그것은 승희가 대답할 수 있는 질문이 아니었다.

"내가 너희 아빠에게 차갑게 대한 것은 사실이야. 하지만 그건 분발하라는 뜻이었지 경멸의 뜻은 아니었어. 그 나이를 먹고도 그것도 모르다니!"

어머니는 누군가에게 항의하듯이 말했다.

"그건 엄마 혼자의 생각이지. 아빠 일기를 읽어보고 엄마가 판단하세요."

승희가 냉정을 되찾으려는 듯 노력하며 말했다.

"아빠 일기에 아빠가 어디 가 있을 거라고 적혀 있지 않던?"

"그런 말은 없었고, 집을 나갈 거라고도 적혀 있지 않았어."

"그랬겠지. 그게 네 아빠야. 그런데 초면에 우리 모녀가 안 좋은 모습만 보여준 것 같은데 어쩌지요?"

비로소 어머니가 영건에게 말했다.

"저는 A대학 전자공학과에 다니고 있는 김영건입니다. 인사드립니다."

영건이 자리에서 벌떡 일어나 고개를 숙여 다시 인사를 했다.

"좋아요. 어느 정도 우리 집 이야기를 아는 것 같으니까 편하게 이야기할 게요."

어머니는 담배에 불을 붙이더니 말없이 영건에게도 담배를 권했다. 하지만 영건은 정중히 사양을 했다.

✤✤

한참 만에 어머니가 입을 열었다.

"나도 앳된 옛날이 그리울 때가 많단다. 넌 이 엄마가 아빠를 미워하고 있다고 생각하니? 아니야, 난 네 아빠를 사랑하고 있어. 다만 네 아빠가 너무 세상 물정을 모르고 사는 꼴이 보기 싫었을 뿐이야. 내가 그렇게 잔소리를 해도 자기가 가진 것을 모두 남에게 가져다주는 사람 아니니! 다른 사람에게 집까지 바친 사실은 너도 알잖아. 내가 그러지 않았으면 우리가 지금 이만큼이라도 살 수 있었을 것 같니? 너희들 학교는 누가 보내고? 너는 지금 대학 갈 꿈도 못 꾸고 직장생활을 해야 했을 거야. 그래도 이 엄마가 잘못했다고 생각하니?"

어머니는 차분하지만 점점 격양된 목소리로 말하며 눈가에 흐르는 눈물을 훔쳤다. 승희는 고개를 숙이고 어머니의 이야기를 들었다. 어머니의 이야기는 계속되었다.

"너도 좀 생각해봐라. 내가 이 나이 먹도록 밖에 나가서 돈을 벌고 사람들에게 시달리며 힘들게 일하는 것이 좋아 보이니? 네 아빠는 젊어서 학교 선생을 할 때나 작은아버지랑 사업을 할 때에도 벌이의 절반은 술이나 친구를 위해서 썼어. 월급봉투의 반 이상을 가지고 들어온 적이 없다는 것을 너희들이 알기나 하니? 오죽하면 내가 처녀 적부터 다니던 그 회사를 여태까지 다녔겠니? 넌 그걸 생각해본 적이나 있는 거야? 아빠는 저축이란 게 없었어. 너도 알다시피 작은아버지가 돌아가신 후로는 네 아빠는 아무 일도 하지 않고 사고만 치고 다니면서 사십이 넘어서 문학을 한다고 그쪽 패거리 사람들과 몰려다녔다. 네 아빠는 지금 부산 어디쯤에서 그 사람들하고 술타령이나 하고 있을 거야. 그래서 난 네 아빠와 대화를 할 수 없었던 거야. 나도 어떤 면에서는 아빠를 이해해. 그래서 많이 참았고 부딪치지 않으려고 일부러 냉담을 가장해서 방관하고 있었던 거야. 그렇지만 난 너무 화가 나더라. 왜 남편은 고상한 채 저렇게 한량처럼 놀아야 하고 나는 남편 없는 여자처럼 밖에 나가서 억척을 떨면서 살아야 하는지 말이다. 우리 집은 안팎이 바뀌었어. 그게 어떻게 내 잘못이냐? 그런데도 승희, 넌 내가 다 잘못한 것이라고 생각하는 거지?"

어머니는 하소연하듯이 승희를 바라보았다. 승희가 고개를 들어 어머니를 쳐다볼 수가 없었다. 어머니는 승희가 생각한 것보다 사태를 냉정하게 꿰고 있었던 것이다. 그때 영건이 진지하게 말을 꺼냈다.

"저도 아버님의 일기를 읽었습니다. 일기를 읽을 때는 아버님의 글에 빠져서 아버지의 생각이 옳다는 생각이 들었는데 어머님 말씀을 듣고 보니 어머님 마음도 이해가 됩니다."

어머니는 고개를 끄덕이며 그의 말을 들었다. 어머니는 팔을 벌려서 옆에 앉은 승희를 안으면서 다시 말을 시작했다.

"너희 아빠와 난 세종문화회관 계단에서 만났지. 그때 우린 젊었고 꿈이 있었고 아름다웠어. 그렇지만 삶이란 꿈만 먹고사는 것이 아니란다. 그러다가 경매로 들어온 집은 언제 막아내고, 커가는 너희들은 무얼 먹여 키우고, 학교는 어떻게 보내고, 시집 장가는 또 어떻게 보내겠니? 뭐 세상에 제가 먹을 것은 다 타고난다고? 그래, 사람이 밥만 먹고 살면 되는 거니?"

어머니는 억지로 눈가에 웃음을 머금고 승희를 바라보며 물었다. 어머니의 말을 듣자 승희는 어머니 말이 옳다는 생각이 들었다. 어머니의 억척이 아니었더라면 대학에 갈 엄두는커녕 고등학교도 제대로 다니지 못했을 것이다. 승희 가족은 어느 산동네에 살면서 끼니를 때우기에도 힘든 나날을 보내고 있을지도 모른다. 어머니는 자신이 약해지는 것이 싫어서 일부러 아버지에 대한 생각의 회로를 머릿속에서 차단시켜 놓고 있었던 것이다. 승희는 어머니의 그런 말을 듣고 모든 것을 이해할 수 있었다. 그러나 아버지는 아버지대로 자신의 실패를 넘어서기 위해서 최선을 다했다는 것도 안다. 도대체 무엇이 올바른 삶이란 말인가? 승희는 혼란스러운 기분에 사로잡혔다. 다만 이것만은 확실했다. 어머니는 어머니대로 아버지는 아버지대로 힘들었다는 것을……. 그동안 두 분이 잘 참고 견뎠던 것이다. 어찌하여 두 사람이 합치점을 찾을 수 없었던 것일까?

승희는 어머니에게 쓰러지듯이 안겼다. 어머니는 딸을 안고서 천장을 응시하면서 울음을 삼키고 있었다. 과연 어머니는 꿋꿋하고 강한 여자였다. 어머니는 승희의 손을 꼭 잡고 가만히 속으로 울음을 삼켰다.

"승희야, 네 아빠의 일기를 다 읽고도 아빠가 어디에 있을 거라고 짐작 가는 곳이 없니?"

한참 만에 어머니가 물었다.

"모르겠는데……."

승희는 흐린 얼굴로 말끝을 흐렸다. 순간 어머니의 얼굴을 바라보았을 때, 어머니는 의미 있는 웃음을 환하게 웃고 있었다.

"아빠가 부산에 계신 것 같다."

"엄마가 그걸 어떻게 알아?"

"네 아빠가 전에 배를 타고 싶다고 말한 적 없었니?"

"맞아. 봄에 관악산에 갔을 때 배를 타고 싶다고 말한 적이 있어."

머릿속에 마치 영감이 떠오르듯 뭔가가 번쩍 지나갔다. 아버지는 관악산에서 막걸리를 마시고 내려오던 날 청소부를 하려면 차라리 배를 타는 게 나을 거야, 라고 중얼거리며 허탈하게 웃었다.

"아마 그럴 거야. 부산에 아빠랑 잘 통한다는 시인이 있거든. 그 사람은 네 아빠가 어디 있는지 알고 있을 거야."

"전화번호 가르쳐줄게. 네가 전화해서 물어봐라. 집에 가면 그 사람 전화번호가 있어."

"그 시인 이름이 뭔데?"

"최석영."

"맞아. 아빠 일기에 그 사람 시가 실려 있었어."

"그래, 나도 그 사람 시를 보고 생각난 거야."

어머니와 승희는 비로소 여유 있는 웃음을 웃고 있었다.

그러니 제발
날 좀 내버려둬!

그날 아침 집을 나선 원근은 미리 작정한 대로 부산행 기차를 탔다. 그는 좌석에 앉아서 이제 막 떠오른 아침 햇살이 사방으로 퍼져나가는 것을 바라보았다. 그의 눈에는 투명한 햇살 사이로 보이지 않는 무지개의 스펙트럼이 일렁이고 있었다. 회오에 잠긴 지난날의 조각들이 방울방울 떨어지며 나비처럼 나부끼고 있는 듯했다.

그는 햇빛에 이마가 씻기고 온몸이 환하게 밝아져오는 기분에 사로잡혔다. 그리고 속세를 떠나 출가자의 심정으로 그 모든 것들과 이별을 고하고 있었다. 그는 왕궁을 버리고 수행을 떠나는 싯다르타의 심정이었다.

'안녕! 하나의 남편, 하나의 아버지로 배역을 맡아왔던 이원근이

여, 안녕!'

그는 다시는 돌아오지 않으리라 다짐하고 또 다짐했다. 기차는 천천히 서울역을 빠져나가기 시작했다. 그리고는 미끄러지듯이 달려서 한강다리를 건너고 영등포를 지나 아침을 뚫고 달렸다.

그가 평생 살아왔던 서울이라는 연극무대가 조금씩 지워져가더니 이내 사라져버렸다. 기차는 너른 들판을 달리기 시작했고, 곧 기차 속 공기가 달라지더니 상쾌한 들판의 공기가 그의 몸을 에워싸는 듯했다.

언제부터였던가? 그는 사랑하는 가족

들로부터 이탈되어가는 자신을 느끼고 있었다. 내면에 불만의 싹이 자라기 시작한 것은 오래된 일이었지만, 만족스럽지 못해도 모든 것이 자신의 잘못이라고 생각했기에 가족을 위해서 참고 견뎌나가야 한다는 것이 그의 신념이었다. 무능한 남편, 무능한 아버지이긴 했지만 집안의 울타리로서 그들을 위해 자신이 필요하다는 책임감 때문이기도 했다.

그러나 그는 모든 것이 자신을 정당화하기 위한 어설픈 연극일 뿐이라는 사실을 깨달았다. 그가 모든 것이 연극이라고 생각하기 시작한 것은 아내에게 바치는 형식의 일기를 쓰던 어느 날이었다. 그의 뇌리에 문득 어떤 생각이 스치고 지나갔다.

'나는 아내를 사랑한다고 하면서 왜 제대로 사랑을 표현하지 못하고 이따위 서툰 글을 쓰고 있단 말인가?'

그러자 바로 이런 대답이 솟구쳤다.

'아내에게 나의 심정이 담긴 글을 보여주어 보았자 그녀가 이런 글 따위에 감동이나 하겠는가?'

그러자 모든 것이 가증스런 허위이고 가식이라는 생각이 들었다. 그에게는 자신의 삶 자체가 너무나 연극적인 몸짓에 지나지 않았으며 모든 일이 무의미하다는 깨달음이 왔다.

아, 나는 내 인생을 살아온 것이 아니라 희극 배우처럼 착실한 가장의 역할을 했을 뿐이다. 나는 그동안 무슨 정신의 만족을 얻었으며, 영혼은 어떤 위로를 얻었던가? 그는 자신의 배역에서 아무런 만족도 위로도 얻지 못했다는 결론을 내렸다.

그는 자신의 행위에 넌더리를 느꼈다. 이제 연극 같은 수작은 때려치우자. 그는 결연하게 자신의 의지를 굳혔다. 그러자 어쩌면 아내도 지금쯤은 자신의 배역에 넌더리를 내고 있을 거란 생각이 들었다. 아내는 벌써부터 이혼을 생각하고 있었는지도 모른다. 하지만 아이들이 장성해가고 있으니 아이들을 위해서 자신의 본심을 숨기고 못 이기는 척하면서 살아가고 있었을 것이다.

'그래, 지금껏 우리는 서로 비슷한 배역을 맡아서 해온 것일 뿐이야.'

'그렇다. 우리 집은 조그만 극장이었다. 우리의 연기는 톱스타급이었어.'

'열렬하게 환호하는 관중도, 애끓는 사랑도 없는데 왜 무엇 때문에 이 연극을 계속하며 살아가야 한단 말인가?'

그런 깨달음이 오자 그는 무척 외롭다는 생각이 들었다. 그는 무엇보다도 자신의 등에 올라타고 있는 짐들이 너무 무겁다는 생각을 했다.

사랑! 참 좋은 말이고 좋은 일이긴 하다. 그는 평상시에도 아이들에게 누누이 사랑을 위해서 살아갈 것을 강조해온 사람이다. 하지만 사랑의 대상에게 행복을 안겨주지 못하는 사랑은 그저 허황된 제스처이고 연극일 뿐이다. 그는 아내를 진정으로 사랑하지도 못했고 아이들에게도 더 이상 존경받는 아버지도 아니지 않았는가?

아내는 아직도 이 연극이 가정의 평화와 아이들의 장래를 위해서라고 생각하고 있을지 모른다. 그녀는 그가 다시 능력 있는 남편으로 돌아오기를 바랄 것이고, 아이들도 그가 자상하고 멋진 아버지로 돌아오기를 바라고 있을 것이다. 그는 한때 자상하고 멋진 남편이자 아버지였던 적이 있었기에 그들은 조금이나마 그런 기대를 하고 있을지 모른다.

하지만 별 볼일 없는 백수로 전락한 그는 다시는 그런 가장의 위치로 돌아갈 방법이 없다는 것을 잘 알고 있다.

어쩌면 아내는 자신의 역할에 정말로 자부심을 느끼고 만족하고 있는지도 모른다. 남편만 빼놓고 모든 것이 잘 되어간다고 생각하고 있는 지도 모른다. 하지만 어쩌랴. 사람은 평생 같이 살아도 서로를 알지 못한다. 다만 아는 척하고 살아갈 뿐이다. 그래서 그는 드디어 마지막 선택을 결심한 것이다. 이 선택이 형편없는 남편, 형편없는 아버지로 사는 것보다 나은 것이란 판단이 선 것이다. 원근은 그렇게 마음먹고 사물을 새롭게 바라보기 시작했다.

그런 비딱한 시선으로 세상을 바라보자 세상 모든 사람들이 연극을 하고 있는 것 같았다.

'아, 모든 것이 연극일 뿐이라면? 그렇다면 나를 어디에서 찾을 수 있단 말인가?'

그는 지금 자신에게는 그런 연극을 할 시간이 없다는 결론을 내렸다.

'나는 궁극적인 불멸의 존재를 원하는 것이 아니다. 나는 시간에 예속되어 있는 덧없는 피조물로서 주어진 시간만큼의 자유를 원하고 있는 것이다.'

그는 자신이 바라는 것은 아주 간단하다고 생각했다. 그가 원하는 것은 돈 따위에 짓눌려서 숨 막히지 않고 자신의 내면을 대할 수 있고, 타인에게 자기 뜻을 제대로 말할 수 있는 자유일 뿐이다. 그러나 사방을 아무리 둘러보아도 그쪽으로 나갈 출구가 보이지 않았다.

그는 인생을 더 이상 허비할 수 없다는 초조함까지를 느꼈다. 그렇다고 큰 무엇을 이루겠다는 거창한 뜻이 있었던 것은 아니었다. 단지 그는 이미 뼛속의 진이 빠져 허공으로 달아나고 있다는 기분에 잠겨 있었다. 그는 그런 깨달음 속에서 허공에 대고 마구 소리쳤다.

'나는 이제 더 이상 누구의 남편, 누구의 아버지, 누구의 무엇이 아니다. 나는 내가 아무것도 되고 싶지 않다는 것을 잘 알고 있다. 나는 숨 막히지 않는 자유를 위해 껍질을 깨고 새로운 세상으로 나가고 싶을 뿐이다. 그저 나 자신이 되고 싶을 뿐이다.'

'이제는 연극을 그만두련다. 나는 연극무대를 떠나서 나 자신을 찾아 여행을 떠난다.'

그는 마음속으로 '그래, 나는 나 자신일 뿐이야!' 라고 말하고 있었다. 이제 그는 자신만의 길을 가고, 살기 위해서 떠날 뿐이라고 생각했다.

그는 가족과 세상 사람들이 자신을 무책임한 자라고 욕을 해도 좋다는 생각을 했다. 기차는 수원을 지나고 평택을 지나서 달려가고 있었다.

원근은 자신의 자아 속에서 고동치고 있는 새로운 기운을 느꼈다.

부산역에 도착한 원근은 급격한 시장기를 느꼈다. 그는 대구를 지날 때까지만 해도 아무런 시장기를 느끼지 못했었다. 그런데 부산이 가까워오자 별안간 격랑처럼 휩싸여오는 멀미 같은 시장기를 느꼈다. 그것은 종일 아무것도 먹지 못한 공복감 때문이 아니라 정신적 공허감에서 오는 허기인 듯 그를 휘청거리게 했다. 그가 허기져 할 때는 이미 부산이 가까워서 식품 카트를 끌고 다니는 홍익회 판매원도 지나가지 않았다.

그는 허기를 참지 못하고 역사를 빠져나오자마자 식당으로 들어가 설렁탕 한 그릇을 허겁지겁 비웠다. 마치 사흘을 굶은 사람 같았다. 식사를 마친 그는 다소 막막한 기분에 잠겨 있었다.

뱃속의 허기는 면했는데 이번에는 정신이 멍해진 기분이었다. 사실 가슴을 고동치게 하던 새로운 기운은 기차가 대구를 지나면서부터 차츰 가시기 시작했다. 그는 자신이 무작정 가출을 단행한 사춘기 소년 같다는 기분이 들었다. 그의 주머니는 거의 무일푼이었고 무엇을 하겠다는 구체적인 계획도 없었다.

그가 부산을 행선지로 택한 이유는 남모를 연고가 있어서가 아니었다. 그저 바다가 있고 바다가 위안이 되리라는 생각과 아는 사람이 없는 도시라는 것뿐이었다. 대저 부산이란 도시는 육이오전쟁 이후 지금까지 이 나라 사람들에게는 '끝의 끝', '막다른 끝'이라고 여겨져 온 것이 아니었던가.

특히 서울 사람들은 부산은 먼 곳, 집에서 가장 먼 곳이라고 여기는 습성이 있었다. 그 또한 단지 부산이 바다와 맞닿은 육지의 끝, 땅 끝이라는 이유 때문에 이곳으로 내려온 것일 뿐이었다.

마음 한구석에서 부산에 가면 더 먼 바다로 나갈 수 있으리란 막연한 기대가 없었던 것도 아니다. 하지만 그는 스스로 배를 탈 나이가 아니란 것을 알고 있었고 부산은 대도시인 만큼 무슨 일이라도 할 일은 있으리라 기대를 했다. 그는 아무도 모르는 사람들 속에서 밑바닥 삶이라도 자유로운 삶을 살고 싶었다.

부산에 아는 사람이 하나도 없는 것은 아니었다. 한때 시 문학클럽에서 만나 함께 시를 공부했던 최석영이란 시인이 있었다. 그는 부산에서 태어나 부산에서 학교를 다닌 토박이로 잠시 서울에서 직장생활을 하며 시 공부를 하다가 다시 부산으로 내려왔다.

　그러나 원근은 석영을 찾고 싶다는 생각은 하지 않았다. 특히 석영은 아내가 알고 있는 사람이었기에 원근이 그를 찾을 일은 없을 터였다. 그는 과거와의 어떤 인연도 끊고 새로운 삶을 시작하고 싶었던 것이다.

　식당을 나온 원근은 영도다리, 자갈치시장, 해운대를 생각하다가 지하철을 타고 무조건 해운대로 갔다. 그가 해운대로 행선지를 정한 것은 해운대 앞바다가 보고 싶어서였을 뿐이다. 물론 가족과 같이 해운대를 찾은 적도 있긴 했지만 그런 추억을 되새기기 위해서는 아니었다.

　해운대 모래사장에는 무수한 피서객들이 붐비고 있었다. 원근은 어슬렁어슬렁 해운대 모래사장 끝까지 걸어서 가장 허름해 보이는 주막에 들어섰다. 주막 안은 어두웠고 대낮이라 손님은 아무도 없었다. 그는 자리에 앉으며 생각했다.

　'이곳에서 한 사흘 술을 마시고 온천을 즐기다 보면 주머니에 있는 돈이 다 떨어질 것이다. 그 다음 일은 그때 생각하기로 하자.'

　삶에 있어서 앞날을 걱정하며 산다는 것은 행복을 저해하는 독소다. 마음을 그렇게 먹으니 부산에 도착해서 심적으로 느끼던 공황감이 사라졌다.

　"소주 한 병 주시고, 안주는 아주머니가 자신 있는 것 주이소."

원근은 어눌한 부산 사투리를 흉내 내며 술과 안주를 시켰다. 주인 여자가 고개를 끄덕이며 사라지더니 잠시 후, 술과 안주를 내왔다.

"기장에서 난 다시마 튀김인데 방금 튀긴 거라서 술안주로 제격일 거라예."

원근은 다시마 튀김이 소주 안주라는 생각을 해본 적이 없었지만 이 고장 특색이거니 싶었다.

그런데 소주를 한 잔 마시고 안주를 베어 문 원근은 탄복을 했다. 다시마 안주는 고소한 냄새와 함께 바스락거리는 소리까지 일품이었다.

"아주머니! 안주가 참말 맛이 있네요!"

주인이 고개를 돌려 싱긋이 웃었다.

"해삼하고 멍게도 좀 주이소."

그렇게 또 안주를 시키고 술을 마시며 원근은 생각했다.

'나는 부처처럼 출가하는 심정으로 가족을 버리고 서울을 떠났다. 그러나 무슨 도를 닦는다든가 수행을 하겠다는 허황된 마음은 없다. 가진 것이 하나도 없지만 빼앗길 것이 없는데 무엇이 두려우랴.'

'아무도 아는 사람이 없는 곳에서 마치 조난당한 로빈슨 크루소처럼, 아니 외계의 행성에 도착한 외계인처럼 아주 담백하게 살아보리라.'

하지만 그는 술잔을 거듭할수록 뇌리에 두고 온 가족과 과거에 대한 회한이 일어나는 것을 어쩌지 못했다. 아내보다 아이들의 얼굴이 먼저 떠올랐지만 그는 애써 그들의 얼굴을 지우며 자신의 지난날을 반추해보았다.

그는 세상에 태어나서 얼마 전까지 별 어려움 없이 무탈한 삶을 살았다. 다만 그의 생애에 그늘이 조금 있다면 아버지가 일찍 세상을 떠나는 바람에 어머니가 재가를 해서 의부 밑에서 자라났다는 점이다. 하지만 의부는 아주 고결한 성품의 교육자여서 그는 아무런 구김살이 없이 성장할 수 있었다. 그리고 이복형제이기는 했지만 형제간의 우애도 좋아서 그는 다감한 성격의 소유자로 주변에서 칭송받는 인격자로 대접을 받고 살아왔다. 어머니 쪽 친척들은 오히려 원근이 생부 밑에서 자란 것보다 의부 밑에서 자란 것이 행운이라고 말할 정도였다. 그도 그럴 것이 그의 생부는 실패한 화가로 살다가 알코올 중독으로 세상을 떠났다.

아마 그는 동생의 컴퓨터 회사 전무 일을 하지 않았더라면 지금까지도 교육자의 길을 걷고 있었을 것이다. 그러나 그는 지금까지 죽은 동생을 원망하거나 자신의 과거를 후회한 적이 없었다. 죽은 자를 원망해서 무엇을 할 것이며 자신의 운명을 탓해서 무엇할 것인가.

하지만 그는 과거에 대한 생각을 술안주로 삼으며 묵묵히 소주잔을 기울였다.

행복한 가정은 모두 비슷한 모양을 하고 있지만, 불행한 가정들은 저마다 서로 다른 불행의 이유를 가지고 있다고 했던가. 원근은 톨스토이가 안나 카레니나의 서두를 장식한 그 말에 상당한 공감을 하지 않을 수 없었다. 40대에 들어서면서 학교를 그만두고 동생이 경영하는 컴퓨터 회사에 전무로 출근하면서 원근은 스스로 행복한 가정의 가장이라고 자부하고 있었다. 단 한 번뿐인 삶이기에 불꽃같이 빛나야 하고, 멋지고, 고결해야 한다는 것이 원근의 삶의 신조였다. 그는 키가 크고 잘생긴 데다가 옷도 멋있게 입을 줄도 알았고, 문학과 예술을 즐길 줄 아는 고상한 취미를 가지고 있었으며, 매너 또한 흠잡을 데 없어서 누구에게나 멋진 남자로 통했다. 그는 또 학교에서도 제자들에게 인기 있는 선생이었다.

학창시절에는 공부도 잘했지만 공부보다는 운동을 좋아했고 친구들과 어울려 다니며 당구며 볼링, 바둑 등 온갖 잡기를 겨루기 좋아하는 악동으로 통하기도 했다. 성인이 되어서도 식도락을 즐기는 미식가에다가 풍류를 아는 주객으로서 주선(酒仙)이라는 별칭을 지닐 정도로 매력적인 데가 많은 사람이었다.

그는 그런대로 잘나가는 중소기업체의 전무가 되었고, 아내 또한 직장 여성으로서 두각을 나타내고 있었다. 아내는 제법 큰 여행사의 상무까지 되었지만 그렇다고 가정을 등한시하지 않는, 현모양처라고 불러도 손색이 없는 어질고 착한 아내였다. 밝고 건강하게 자라는 딸과 아들은 그들 부부의 빛이자 희망이었고 그는 가장으로서 중년의 행복을 만끽하고 있었다.

그의 집은 강남의 수십억 원 나가는 고층 아파트는 아니지만 45평의 그런대로 널찍한 아파트였고, 승용차도 두 대나 굴릴 정도로 경제적 여유도 있었다. 말하자면 그의 가정은 서울 중류의 행복한 가정이 지닌 비슷한 모양의 행복을 갖추고 있었다.

그런 그의 가정에 불행의 수레바퀴가 지나가고 있는 줄은 아무도 모르고 있었다. 운명의 수레바퀴가 삐걱거리며 작동을 시작한 바로 그 일요일, 그 아침에도 그의 가족은 식탁에 둘러 앉아 식사를 하면서 이야기꽃을 피우고 있었다. 밝은 햇살이 비쳐드는 베란다의 화단에 놓여 있는 수십 개의 화분에서는 여러 가지 꽃들이 향기를 풍기고 있었고, 마치 나비가 날아다니는 듯한 빛이 여울지고 있었다.

"승태야, 너는 무엇을 전공할지 정한 것이냐?"

원근은 식사를 마치고 소파로 옮겨 앉아 커피를 마시며 이제 중학교 2학년이 된 아들에게 물었다.

"저는 아무래도 요리에 관심이 많으니까 식품영양학을 전공하는 것이 좋을 것 같아요."

아들은 그동안 프로 게이머가 되거나 게임 프로그래머가 되고 싶다고 고집을 부렸는데 어느 정도 실질적인 생각을 하게 된 것 같았다. 아들은 아버지를 닮아서 미각이 무척 발달해 있었고, 누구를 만나도 서슴없이 장차 요리사가 될 것이라고 포부를 밝히곤 했다.

"그래, 잘 생각했다. 승희 너는 동생이 결정한 것을 어떻게 생각하니?"

원근은 딸에게 의견을 물었다. 승희는 고등학교 1학년생이지만 문학적 재능이 남달라서 교내 백일장에서 장원을 휩쓴 덕에 원근은 내심 승희가 문학을 전공했으면 하는 마음이 굳어져 있었다. 원근은 자신이 꿈만 있었지 재능을 만개하지 못한 한을 딸이 풀어주기를 은근히 바라며 딸에 대한 무한한 신뢰와 애정을 느끼고 있었다.

"그것도 괜찮기는 하지만 앞으로 환경문제가 심각해질 것 같아서 신재생 에너지 분야를 공부하는 것도 좋을 것 같다고 생각해요."

"전공을 정하는 것도 좋지만 성적이 따라줘야지. 승태 너는 인터

넷이랑 게임하는 시간 좀 줄이고 공부를 해야 해.”

아내가 학과공부에는 그다지 관심이 없는 아들의 성적을 걱정했다.

“승태, 너는 지금 성적으로 원하는 학과를 갈 수 있다고 생각하니?”

아버지가 묻자 아들이 뒤통수를 긁적이며 대답했다.

“조금만 열심히 하면 서울에 있는 대학은 갈 수 있을 것 같아요.”

“그럼 됐다. 능력을 발휘해서 네가 원하는 대학을 가는 거다. 다른 생각은 하지 마라. 알겠지?”

“예.”

원근은 아들과 딸을 바라보며 대견스럽다는 기분이 들어서 절로 웃음이 났다. 아이들은 귀여움만 받으며 자란 탓에 철부지이지만, 꾸밈이 없고 순수한 마음을 지닌 그야말로 무공해 아이들이었다. 원근은 가정을 이룬다는 것은 푸른 잔디와 화초가 아니라 그 잔디에서 터지는 아이들의 웃음소리라는 생각을 했다.

아버지가 그런 탓에 아이들 또한 은연중에 가정을 이루는 것은 화려한 가구나 책상과 소파가 아니라, 그 소파에 앉은 어머니의 미소라고 생각했다. 사실 가정을 이루는 것은 멋진 자동차나 넓은 집을 갖는 것이 아니라 사랑을 주려고 그 문턱으로 들어오는 아빠의 설레는 모습이 아닐까. 행복한 가정을 이루는 것은 자고 깨고 나가고 들어오는 것이 아니라 서로 믿음과 애정을 지닌 가운데 이루어지는 속삭임과 이해의 만남이 아닐까.

　원근은 가정을 이루는 것은 멋진 인테리어가 갖추어진 부엌과 꽃이 있는 식탁이 아니라, 정성과 사랑으로 요리를 준비하는 엄마의 모습이라고 생각했다. 그래서 그는 자신의 아내가 직장 일에 너무 얽매이는 것이 조금은 불만이었다. 하지만 그는 그런 불만을 한 번도 입 밖으로 내지 않았고, 아내도 아주 영리하게 현모양처의 자리를 지키기 위해 노력했으므로 아이들도 큰 불만이 없었다.

　어쨌거나 일요일에 그 사건이 있기 전까지 그의 가정은 누가 보아도 흠 잡을 데 없는 모범적인 가정이었다.

그가 소주를 한 병 비우고 두 병째 비우기 시작할 때 밖에서는 비가 내리기 시작했다. 그는 창밖으로 내리는 비를 바라보며 더욱 더 추억에 잠겨들지 않을 수 없었다. 그 일요일 아침, 그는 가족들과 아침 식사를 하며 텔레비전의 뉴스를 보고 있었다.

'어젯밤 11시경 한강변을 달리던 승용차가 강물에 빠진 사고가 일어났습니다. 목격자들의 제보로 119구조대가 긴급 출동하여 차량 인양 작업에 들어가서 오늘 아침 8시 30분경 차량을 건져 올렸으나 승용차 운전석의 문짝이 열린 채 안에는 아무도 없었습니다. 사고를 당한 운전사가 급하게 문을 열고 밖으로 빠져나왔으나, 장마로 불어난 강물이 깊고 물살이 빠른 관계로 강 하류로 떠내려간 듯합니다. 구조대는 지금까지 사체 인양 작업에 들어가 있으나 아직까지 실종자의 사체를 인양하지 못하고 있습니다. 인양된 차량은 '서울 5 바에 245×번'이고 차주는 얼마 전 싱가포르에서 800만 불에 달하는 거액 외화 증발사건으로 물의를 일으키고 있던 에이스 컴퓨터 대표이사 이형근 씨로 밝혀졌습니다. 경찰은 이 씨가 회사 정상화가 어려워지는 상황을 비관하고 자살했을 가능성이 높다고 추정하고 사체 인양에 전력을 기울이고 있습니다.'

TV를 보던 원근은 자리에서 벌떡 일어섰고, 가족들은 하얗게 질린 가장의 얼굴을 올려다보았다. 바로 그 순간 전화벨이 울렸다. 경찰이었다.

"에이스 컴퓨터의 이원근 전무님이시죠?"

"그렇습니다."

"에이스 컴퓨터의 이형근 사장님 실종 사건으로 조사할 일이 있으니 경찰서로 출두해주십시오."

그러나 그가 채 옷을 입고 방을 나오기도 전에 경찰이 들이닥쳤다. 원근은 경찰서에 가서야 동생이 왜 자살을 했는지 알게 되었다. 형근은 명문대학인 S대 경영학과를 나온 수재였다. 동생은 3년간 직장생활을 하다가 시대의 산물인 컴퓨터 사업에 손을 대기 시작했다. 그리고 동생은 처음에 작은 상점 몇 개를 인수하여 대형 매장을 차렸다. 사업은 동생이 손을 대는 것마다 순항을 거듭하고 있었다. 적절한 타이밍과 저돌적인 투자로 대형 매장은 성공을 거두었고, 전국 각지에 분점을 가지게 되었다. 동생은 컴퓨터 사업 진입 1년 만에 전국에 12개의 분점을 확보하고 40대 중반의 나이에 연 매출 100억 원이 넘는 사업가가 되었다. 인터넷의 출현으로 컴퓨터의 수요가 폭발적으로 늘어나면서 매출은 기하급수적으로 늘어났다.

그러자 그는 남다른 성공을 꿈꾸며 앞으로 달리기 시작했다. 동생은 자사 브랜드의 컴퓨터 공장 설립을 꿈꾸며 자금을 끌어 모았다. 그러나 컴퓨터 공장을 설립하기에는 자금이 턱없이 모자랐다. 그는 벤처 자금을 끌어들여 자본금을 늘렸고, 컴퓨터 공장을 설립하기 위한 제1단계로 부도로 쓰러진 국내 유수의 그래픽 카드 회사를 인수하여 금융권의 수혜를 입었다. 그 회사는 기술력은 있지만 관리 미숙으로 쓰러진 회사였기에 그에게는 황금알을 낳는 거위였다. 회사는 1년 사이에 5배나 커졌고, 그는 해외로 눈을 돌려 수출을 개시했다. 수출 사업은 호조를 보였고 뉴욕과 홍콩에 지사를 두기에 이르렀다.

그런데 악운은 거기서부터 시작됐다. 회사를 최대한 크게 키우고 있는 시점에 IMF 10년 만에 새로운 경제위기 외환위기의 사태가 터진 것이다. 매출은 급락했고 여유 자금은 바닥이 났으며 시중 자금이 동결되어 회사는 흑자부도의 위기에 몰렸다.

그때, 홍콩에서 은밀한 제의가 들어왔다. 반도체 칩 밀수에 관한 홍콩 마피아의 제의였다. 그는 고민 끝에 그들과 손을 잡기로 결정했다. 무슨 일이 있어도 회사를 살려야 한다는 절체절명의 위기에서 어쩔 수 없는 선택이었다.

홍콩 측의 제의는 의외로 간단했다. 말레이시아와 싱가포르에서 생산한 반도체 칩을 에이스 컴퓨터가 수입하는 저가인 컴퓨터 부품 속에 대량으로 넣어서 들여와 국내에 공급하고 그 차액을 5대 5로 나누어 먹는 방법이었다. 그러나 동생은 형에게 그 사실을 숨겼다. 그는 형의 청렴한 성격을 누구보다 잘 알기 때문이었다.

동생은 왼팔 격인 이광치 상무에게 일을 일임시켰다. 이 상무는 그래픽 카드 회사를 인수할 때 따라온 외환 거래에 능통한 전문가로서 외환자금 운용의 귀재였다. 그런데 문제는 거래가 이루어지는 시점에서 이 상무가 잠적한 것이다. 그는 물건을 싱가포르에서 팔아치우고 시가 800만 불이 넘는 자금을 세탁해서 증발한 것이었다. 그러자 회사의 파산은 명백했고, 자존심이 누구보다 강했던 동생은 죽음을 선택한 것이었다. 원근은 전무로 있었으면서도 회사의 실상에 대해서는 거의 알지 못하는 얼굴 마담에 지나지나지 않았다.

그러나 그는 동생에게 섭섭한 마음보다는 안타까운 마음이 앞섰다.

'그토록 똑똑하고 영민한 사람이 왜 그런 일을 저질러야 했을까?'

그는 그것이 자본주의의 마성(魔性)이라고 생각했다. 뉴스에는 외환자금의 금액이 800만 불로 보도되고 있지만, 실질 거래액은 1,200만 불이 넘었다. 원근은 몇몇 직원들과 힘을 합해 자구책을 찾아보았지만 회사는 결국 부도처리되었고 그는 몰락의 길을 걸을 수밖에 없었다.

＊＊＊

원근이 두 병째 술을 비워갈 무렵 비는 더욱 거세게 내리기 시작했다. 그는 술에 취한다기보다는 혼곤한 추억에 빠져들어서 소주를 한 병 더 시켰다. 어차피 사흘 동안은 술에 젖어서 지내보기로 한 터에 자신을 반기듯 비가 억세게 내려주니 그로서는 감사할 따름이었다.

'아, 부산이 내 영혼을 반겨주는구나!'

그는 야릇한 취기를 느끼며 어린 시절을 추억하기 시작했다. 그는 자신의 인생을 처음부터 들여다보았다.

그는 세상에 태어나 살아온 지난 48년의 삶을 생각했다. 제일 먼저 떠오른 것은 여섯 살 난 아들을 남기고 세상을 떠난 생부였다. 생부는 그림을 그리던 사람이었다고 한다. 그는 미대를 나왔고 평생 그림을 그렸으나 성공하지 못한 화가였다. 아버지는 소주병을 나발 불며 화폭에 물감을 짓이기던 난폭한 환쟁이였다. 그는 알코올 중독으로 젊은 나이에 생을 마감했다.

원근은 여섯 살 그때, 화장터에서 자신의 육신을 버리고 굴뚝을 따라 하늘로 오르던 아버지의 하얀 연기를 생각했다. 트럭에 실려 덜커덩거리며 흔들리던 아버지의 관이 – 장례비용조차 없어서 이웃 아저씨의 트럭에 아버지의 관을 싣고 화장터로 갔었다 – 화장장의 시뻘건 화로에서 타면서 내던 소리가 들려왔다.

탁탁, 타다닥, 탁탁.

그는 아버지의 뼈가 잘게 부서지는 것을 보았고, 아버지의 뼛가루가 네모난 상자에 담겨지는 것을 보았다. 그리고 그는 그 상자를 양 어깨에 줄을 메어 가슴에 안고 산길을 한없이 걸어서 올라갔다.

타박, 타박, 타박.

누구인지 모를 늙수그레한 친척 어른과 어머니는 내 뒤를 따르고 있었다. 어린 원근은 한없이 이어지는 가파른 산길을 걷기가 무척 힘이 들었지만, 자신의 가슴에 안겨 있는 아버지의 유골함이 빈 상자처럼 가벼운 것이 이해가 되지 않았다.

'아버지가 이렇게 가볍다니. 아버지는 도대체 어디로 간 것일까?'

한참 후 그들 일행은 산 속 깊은 곳에 묻혀 있는 절에 도착했다. 머리가 유난히 파르스름한 스님을 따라 유골 상자들이 벽장에 촘촘히 꽂혀져 있는 방으로 들어갔다. 그 방안은 어두침침했고 유난히 독한 향 때문에 어지러웠다. 아버지의 유골함은 그곳에 안치되었고 향불이 피워졌다.

사람들은 몇 번인가 절을 했고 그곳을 떠났다. 그러나 그 후 원근은 그곳을 가보지 못했다. 사춘기가 지나면서 아들이 어머니에게 그곳을 물었을 때 어머니는 아주 당황해하며 이렇게 말했다.

"그런 곳에서는 공양이 없으면 몇 년만 지나도 보관을 하지 않는다. 지금 와서 그걸 찾아서 무엇하냐?"

아들은 어머니가 그곳을 알면서도 모른다고 변명한다고 생각했다. 원근은 더 이상 묻지 않았다. 그때 처음 그는 가출을 꿈꾸었다.

그러나 그는 의부의 아들로 자라나는데 별 불만이 없었고, 착한 아들로 머무는데 아무 문제가 없었다. 하지만 지금도 그의 뇌리에는 아쉬움이 남아 있다.

'그 산사는 어디에 있는 것일까? 지금도 나는 그곳을 모른다.'

세 병의 소주를 마시고 원근은 자리에서 일
어났다.

"다음에 오면 다시마 튀김 또 주이소."

계산을 마치고 그는 주인에게 그렇게 말했다. 억세게 내리던 비는
소나기였는지 그새 그쳐 있었다. 비는 내리지 않았지만 밖에는 바람
이 세차게 불고 있었다. 어느덧 해가 뉘엿한 시간이었다.

원근은 얼큰한 기분을 느끼며 슈퍼에서 캔 맥주를 한 박스나 샀
다. 밤새도록 술을 마실 작정이었다. 그는 어쩔 수 없이 알코올 중독
으로 세상을 떠난 생부를 생각하지 않을 수 없었다.

그는 자신이 생부를 닮아가고 있다고 생각하며 헛헛, 하고 헛웃음
을 웃으며 가까운 여관을 찾아 들어갔다. 휴가철이라 가격이 두 배

나 비싼 것 같았지만 그는 개의치 않았다.

여관은 비스듬한 언덕에 있었는데 바다 쪽으로 늘어서 있는 버드나무들이 길길이 머리채를 풀어 던지며 창가에 그림자를 어지럽게 그리고 있었다. 바람이 거세게 불고 저녁 어스름이 내리고 있는 탓에 머리채를 풀어 던진 버드나무 그림자는 휘파람 소리와 같은 묘한 뉘앙스로 그의 심금을 자극했다. 그는 맥주 캔을 세 개째 비우며 창밖을 내다보고 있었다.

원근은 아버지를 산사의 납골당에 두고 온 다음 날이 떠올랐다. 당시 그는 산동네 판잣집에 살고 있었다. 바람이 불 때마다 호롱불이 – 무허가 건물인 그의 집에는 서울인데도 전기가 들어오지 않았다 – 흔들렸다. 그때마다 어머니의 그림자가 벽에서 일렁이며 춤을 추고 있었다. 낙엽 밟는 아버지의 발자국 소리가 멀리서부터 바스락거리며 다가오고 있었다. 이른 봄날이었지만, 산동네 골짜기에는 지난해의 낙엽들이 수북이 쌓여서 굴러다니고 있었다.

"원근아!"

이명처럼 아버지의 목소리가 들리고 – 아버지는 술이 취해서 돌아오는 날이면 그렇게 멀리서부터 어린 그를 부르며 집으로 들어오곤 했었다 – 횡 하니 문이 열리고 아버지가 집안으로 들어오는 것만 같았다. 비닐로 쳐진 창가에서 희디흰 별들이 바스러지는 소리를 내고 울었다.

어머니는 아버지를 기다리는지 자지 않고 바느질만 하고 있었다.

"아빠 왜 안 와?"

"네 애비는 죽었다. 죽은 사람이 어떻게 오냐? 청승떨지 말고 어서 자거라."

"그래도 아빠 오는 발자국 소리가 들리는데……."

어머니는 대답이 없다. 벽에 어른거리는 어머니의 그림자가 아버지의 혼처럼 흔들거렸다.

어린 원근은 아버지가 구름이 되어 하늘로 올라간 것을 알고 있었다. 화장터에서 굴뚝을 통해 하늘로 올라간 아버지의 연기가 집안으로 스며드는 것이 환영처럼 보였다. 아버지의 혼이 어머니의 몸에 스며들어서 출렁거리고 있었다. 원근은 겁먹은 눈으로 그것을 보았다. 그러나 그는 하나도 무섭지 않았다.

어머니가 불을 끄고 눕자 아버지의 혼은 슬그머니 밖으로 나갔다. 그가 잠들 때까지 아버지의 혼은 발자국 소리를 내며 창밖을 거닐고 있었고, 바람 소리로 노래하며 그를 잠재웠다. 그날 이후 아버지는 삶으로서가 아니라 죽음으로서 그에게 남아 있기 시작했다. 아버지는 삶 이전에 그에게 죽음을 가르쳐 주었다.

거기까지 회상한 원근은 서울에 두고 온 아들과 딸을 생각했다.

'여섯 살 나이에 아버지를 여윈 나에 비하면 아들과 딸은 이제 성

인이 아닌가! 아이들은 내가 없이도 아무 탈 없이 잘 살 것이다.'

　　사실 그는 유령처럼 떠도는 아버지의 혼을 못 견뎌하면서 어린 시절을 보냈다. 부전자전인가. 나도 아이들을 이렇게 허무하게 버려야 하다니……. 밤이 깊어지자 다시 검은 구름이 몰려들기 시작했지만 이상하게도 지상에서는 바람이 멈추었다. 그는 벌써 일곱 개째 맥주 캔을 땄다.

아버지가 돌아가신 후, 어머니는 봉투 붙이는 일로 두 모자의 생계를 꾸려나갔다. 그러나 먹고살 수는 있었어도 집세를 내기까지는 힘이 들었던 모양이었다. 바람에 흔들리는 그 판잣집에도 주인이 있어서 이따금 그 험악한 얼굴을 디밀고는 어머니를 닦달하곤 했다.

"세를 내지 않으려면 집을 비워 줘야지. 사람이 양심이 없어."

그해 여름, 어머니는 아버지의 친구인 독고(獨孤) 아저씨 집으로 이사를 하고, 어머니는 아저씨가 다니는 공장에 취직을 했다. 아버지가 세상을 떠난 이후, 독고 아저씨는 아버지 대신 우리 집 살림 걱정을 해주던 유일한 사람이었다. 독고 아저씨 네는 아이들 넷에 할머니까지 모시고 사는 대가족이라서 형편이 넉넉하지는 못했지만 많은 식구들이 오순도순 화목하게 살고 있었다. 누구도 그들 모자에게 방 하나를 내준 텃세를 하지 않았고, 먹을 것이 생기면 나누어 먹고 서로 고락을 같이 했다.

그 집에는 원근보다 한 살 많은 훈이 형이 있었고, 이빨이 다 빠져서 밥을 먹을 때는 우물거리며 밥을 그냥 물에 말아 삼키는 쭈글쭈글한 할머니가 계셨다. 어린 원근은 낮이면 훈이 형과 온 동네를 싸돌아다니며 놀았고, 저녁이면 공장에서 돌아오는 어머니 품에서 잠이 들었다. 일요일에는 할머니와 훈이 형과 그의 여동생인 순자와 교회를 가곤 했다.

그러던 어느 날, 넥타이를 매고 신사복을 차려 입은 아저씨 한 사람이 나타났다. 그 사람이 나타났을 때, 원근은 어머니의 볼에서 빨갛게 피어오르는 홍조를 보았다. 그래서 원근은 아무 이유도 없이 그 사람이 무척 싫었는데 얼마 후, 어머니는 그 사람에게 시집을 갔고 그는 원근의 새로운 아버지가 되었다.

새아버지는 고등학교 선생님이었고 원근은 그 집의 아들이 되었다. 그 집에는 그보다 세 살 아래인 딸 진영이가 있었다. 어머니는 다음 해에 아들을 낳았는데 그가 바로 형근이였다. 동생 형근이는 그와 여덟 살이나 차이가 났지만 어려서부터 영특했고 심성이 착해서 원근과 나이 차이가 많이 나는데도 불구하고 대화가 잘 통하는 다정한 형제였다. 어머니는 다감하고 자상한 인격자인 새아버지의 사랑을 받으며 행복해했다. 원근 또한 어렵사리 그 집의 장남이 되어 나이가 들고 형제들이 장성해서 자식을 둘 때까지 친형제처럼 다복하게 살았다.

거기까지 생각한 원근은 두 분 부모님이 세상을 떠난 후에 동생 형근이 사고를 친 것이 그나마 다행이라고 생각했다. 형근은 아이디어가 많고 손재주가 탁월해서 남들이 생각지 못한 물건을 만들어내는 데 귀신 같은 재주를 가지고 있었다. 그는 마케팅 능력과 어학 실력이 뛰어나서 혼자 외국을 돌아다니며 비즈니스를 성사시키는 귀재였다.

술이 거나해지자 원근은 동생에 대한 애절한 그리움이 일었고, 그가 보고 싶어서 미칠 것만 같았다. 그는 동생 형근을 여러 번 소리쳐 불렀다. 그의 인생을 망쳐버린 동생이었지만 미움보다는 그리움이 큰 동생이었다.

그는 마지막 열 개째 맥주 캔을 따놓고 그만 잠이 들었다.

❦ ❦

다음 날 오후, 원근은 여관을 나왔다. 그는
아무 식당에나 들어가서 끼니를 때우고 어슬렁거리며 부산 거리를
돌아다녔다. 그는 버스를 타고 남포동 뱃머리라고 하는 선창가를 지
나서 내렸다. 그곳에는 바닷바람과 함께 갈매기 떼들이 허연 날개를
퍼덕이며 날고 있었다.

그는 자갈치 시장에서 젓갈이나 멸치를 슬쩍 집어 먹어보기도 하
고, 광복동 길을 걸으며 윈도를 힐끔거리기도 하면서 남포동, 보수
동 일대를 돌아다녔다. 부산에 대한 지리를 전혀 모르는 그는 다리
건너로 보이는 둥근 항아리 같은 영도를 바라보다가 발길을 돌렸다.
다리를 건너면 공연히 멀리 나가는 기분이 들었다. 거기에 생각이
미친 그는 헛웃음을 웃을 수밖에 없었다.

따가운 햇볕이 방파제에 내리쬐고 있었다. 대형 선박이 고동을 울리며 시도 때도 없이 드나들고, 컨테이너 박스가 부둣가를 가득 매우고 크레인이 거인처럼 팔을 휘두르고 있었다. 그는 기름으로 잔뜩 뒤덮인 선창의 바닷물을 바라보며 억세고 강인한 부산의 생명력을 느꼈다.

원근은 다시 자갈치 시장 쪽으로 발걸음을 옮겼다. 그는 비린내 나는 어시장에서 멍게, 해삼, 미더덕 따위의 지방 특산물이 경매로 넘어가는 것을 바라보다가 횟집 수족관을 들여다보며 돌아다녔다.

그는 흐린 조명 아래 물고기들이 한가롭게 헤엄치는 것을 보았다. 넙치, 광어, 도다리는 수족관 바닥에 까맣게 누워 있었고, 그 위로 우럭과 이름을 알 수 없는 물고기들이 유유히 돌아다니고 있었다. 그런데 수족관 안은 모든 소리가 멈추는 듯했고, 그는 그것이 문득 비현실적으로 느껴졌다.

그런데 그 비현실적인 고요는 뜰채를 든 흰 가운의 사나이에 의해 무너지고 만다. 뜰채에 떠진 우럭은 몸을 활처럼 튕기며 퍼덕였다. 흰 가운의 사나이가 뜰채를 들고 종종걸음으로 안으로 들어갔다.

잠시 후에 수족관은 다시 고요와 평화가 찾아왔다. 원근은 발걸음을 옮겨서 물이 철철 넘치는 고무 양동이를 들여다보았다. 그 속에는 꿈틀거리는 뱀장어, 방석만 한 광어, 가자미, 개불, 해삼, 멍게 등이 가득 담겨 있었다. 원근은 노점 가게에 엉덩이를 걸치고 앉아서 소리쳤다.

"아줌마, 곰장어 한 접시하고 소주 한 병 주세요."

곰장어 회는 무척 쫄깃해서 입맛을 돋우었고 혼자 먹기에는 양이 많았다. 그래서 원근은 한 병만 마시기로 작정했던 소주를 두 병이나 마셨다. 저녁 무렵 그는 온종일 걸어 다녀 다리도 아프고 해서 무작정 기장으로 가는 버스를 탔다. 그리고 멸치회가 유명하다는 대변항에서 내렸다. 그는 부두에서 어부들이 그물을 매만지는 것을 하염없이 바라보다가 식당으로 들어갔다. 그는 멸치 회를 안주로 다시 소주 두 병을 마셨다. 술에 취한 그는 다시 버스를 타고 부산 시내로 들어와서 24시간 영업을 하는 온천장을 찾아들어갔다. 그는 목욕은 하지 않고 수면실로 곧장 들어가서 잠을 잤다.

그날 밤 원근은 자신이 부산에서 택시 운전을 하는 꿈을 꾸었다. 꿈속에서 그는 밤새도록 차를 몰고 부산 시내를 돌아다니면서 헤매고 있었다. 그것은 길을 모르는 탓이기도 했지만 다음 행선지가 어디인지 전혀 알 길이 없다는 이유이기도 했다.

손님이란 작자는 택시 뒷좌석으로 기어 올라와서 어디로 가자고 하면 그곳은 바로 가야 하는 곳이 되었다. 달맞이고개, 초량, 범어사, 조선호텔, 무슨무슨 아파트, 달의 뒷면. 모든 목적지가 다 제멋대로고 모든 결정이 다 우연에 달려 있는 것이 그는 싫었다. 차량 사이를 이리저리 비집고, 가능한 한 빨리 목적지에 닿으려고 했지만,

실제로 그는 거기에 대해 아무런 권리가 없다. 자신의 의지라고는 전혀 없는, 신의 노리개라고나 할까.

그는 신의 노리개이기를 거부하고 아니 손님의 노예이기를 거부하고 차를 바다로 몰아서 손님과 함께 빠져버리고 말았다.

깜작 놀라 잠을 깨고 보니 꿈이었다. 원근은 그 꿈이 미국 작가 폴 오스터의 《브루클린 풍자극》이란 소설에서 나오는 장면임을 깨달았다.

'그런대 내가, 지금, 하필, 왜 그런 꿈을 꾼 것일까? 부산 지리도 모르는 내가 부산에서 택시 운전하는 꿈을 꾸다니!'

잠에서 깬 원근은 인간은 어차피 신의 노리개가 아닐까 하는 생각을 했다. 그러나 신의 노리개는 노예가 아닐 수도 있다는 생각에 고개를 들었다. 인간은 비록 신의 노리개일지라도 자연의 이치에 순응하면서 스스로의 운명을 개척하고 사랑을 만들어 나간다면 참으로 아름답고 의미 있는 일이라고 생각했다.

그는 신혼 때의 행복을 떠올렸다. 결혼을 하고 고등학교 국어 선생으로 아이들을 가르치기 시작했을 때였다. 학교 교무실로 아내가 임신을 알리는 전화를 걸어왔다.

"어머니랑 병원에 갔었는데 저, 임신 3개월이래요."

그는 그 말을 듣는 순간 몸이 하늘로 날아오르는 듯한 기분이 들었다.

내가 한 아이의 아버지가 되다니!

창밖의 하늘을 바라보며 그는 싱글벙글 웃으며 그런 감회에 젖었다. 아버지가 된다는 것, 그것은 기적 같은 일이었다. 그것은 진짜 남자가 된다는 것, 새로운 인간이 된다는 뜻이었다. 그는 인류사를 이어나가는 아버지란 존재로 다시 태어난 것이다.

아내의 임신으로 그는 삶의 우선순위가 바뀌었다. 친구와의 술 약속이나 사소한 모임은 우선순위에서 밀려났다. 아내를 좀 더 주의 깊게 살펴보고 자그마한 불편도 보살펴주고 기꺼이 그녀를 도와주는 자상한 남편이 되었다. 그것은 함께하는 사랑, 아내와 하나 되는 사랑이었다.

아내의 몸속에 자라고 있는 생명이 그를 흥분시키고 그에게 즐거움을 주었다. 그것은 우주만상에 대한 커다란 경외심이기도 했다. 그의 그러한 변화는 아내가 시집을 온 이후 말로는 표현 못했던 그동안 느꼈던 소외감, 섭섭함, 무력감을 잊어버릴 수 있게 만들었다. 또한 출산을 준비하는 낯설고 막막한 상황에 직면해서 시어머니보다는 남편에게 의지한다는 편안함을 가져다주었다.

딸아이가 태어나자 그는 완전한 아버지로 거듭나서 완전히 아이에게 몰두했다. 아이로 인해서 그는 피어난 꽃처럼 아름다움과 기쁨이 넘치는 얼굴을 하고 있었다. 마치 세상을 만든 '최초의 인간' 과도 같았다.

'세상과 자연스럽게 사랑으로 연결된 엄마와 아이의 유대는 완전히 자연스러운 것이지만 아버지와 아이의 유대는 가꾸어야 하는 것이다'

원근은 어느 책에선가 본 그 말을 그대로 실천하고자 노력했다. 그는 평생 그러한 관점을 견지했고 자신의 신념을 실천하며 살았다. 그는 딸에게 주의 깊은 보호자였으며 세상의 안내자였다. 그것은 아들이 태어난 후에도 변함이 없었다. 그는 바쁜 사회생활 때문에 배경으로 물러난 적은 있어도 의도적으로 자신의 책무를 등한시한 적은 한 번도 없었다.

아내는 아내대로 그의 방침에 호응하며 잘 따랐다. 아이들이 소파에서 우유를 마시다가 엎질러서 엉망이 되었을 때 아내는 회초리를 드는 대신 대화로 달래는 어머니가 되었다.

그들의 가정에는 아이와 놀아주는 아버지와 어머니가 있기에 놀라움, 흥분, 모험, 즐거움, 자발성, 활력으로 가득했다.

원근은 딸이 중 3일 때 교내 백일장에서 장원을 하자 담임선생과 포장마차에서 소주잔을 기울인 적이 있다.

"승희는 문학에 소질이 있어요, 장차 훌륭한 작가가 될 겁니다."

두 사람은 같은 교사의 입장에서 아이들의 장래를 이야기하며 의기투합하기도 했다.

그런가하면 원근은 아버지로서 아들에게 남자들만의 세계를 가르쳐주었다. 그는 아들과 함께 바람 속에서 오줌을 누며 담벼락에 지도를 그리는 법을 가르쳐주기도 했다.

그런 그가, 사랑으로 가르치고 항상 강하고 굳세며 통제력이 있는 아버지의 대명사였던 그가, 지금 이 모양으로 추락한 영웅으로 허물어지고 있는 것이다. 상실감, 무능력, 물거품, 분리감, 그 무엇이 그를 이 지경으로 만든 것일까? 그것은 돈이라는 괴물 때문이었다. 돈을 벌어오는 게 좋은 아버지의 전부란 말인가?

다음 날도 원근은 남포동, 광복동, 보수동
일대를 돌아다녔다. 국제 시장 부근에서는 포목점이나 노점상 들이
장사하는 것을 열심히 눈여겨보고 다녔다. 이제 그의 수중에는 돈
십만 원도 남지 않았다. 그는 이제부터 무엇을 하면서 스스로의 호
구지책을 꾸려나갈 것인가를 탐색하지 않으면 안 되었다. 사실 그는
손에 흙 한번 안 묻히고 산 도시 남자였다. 그가 할 수 있거나 할 줄
아는 일은 별로 없었다. 물론 그에게는 교사자격증도 있고 운전면허
증도 있으니 그런 종류의 일을 할 수는 있을 것이다. 하지만 당분간
그런 종류의 일은 하지 않겠다는 것이 그의 방침이었다. 그런 일은
신분을 떳떳하게 밝히고 나서야 맡을 수 있는 일인데 그렇게 되면
집에서 그의 소재를 알게 될 것이니 그의 가출은 아무 의미가 없어

지기 때문이었다.

　원근은 그리 출중하지 못한 눈썰미로 적당한 일거리를 찾아 쏘다녀 보았지만 이거다 싶은 일거리가 눈에 띄지 않았다. 길거리에는 직원 구함, 아르바이트 구함이란 쪽지가 많이 붙어 있었지만 그가 할 수 있는 일은 아무것도 없었다.

　부산이란 곳은 돌아다닐수록 이상한 도시였다. 도시 전체가 하염없이 길기만 하고 좁은 도로와 거리는 무질서했으며, 소음과 차들로 가득해서 불편했다. 그것은 높은 벼랑에 집과 아파트를 짓고 마을을 만들어놓은 탓인 듯했다. 뒷골목 도로의 불편함을 해소하려고 시내를 관통하는 스카이도로를 많이 만들어놓기도 했는데 원근은 그런 것에 익숙하지 않은 탓인지 사흘이 지나도 거리의 풍경은 낯설고 생소해 보였다. 그래도 정겨운 것은 교외로 빠져나갔을 때 바다와 도시, 그리고 빛과 바람이 어울리는 풍광이었다.

　원근은 시내를 돌아다니는 것에 흥미를 느끼지 못해서 교외로 나가는 버스를 무조건 잡아탔다. 그는 버스가 종점에 다다를 때까지 졸음에 겨워 잠을 잤다. 시끄러운 소리에 눈을 떠보니 사람들이 모두 내리고 있었다. 얼결에 그들을 따라 내려 보니 버스들이 늘어서 있는 종점의 넓은 공지 건너편에 세월의 풍상을 떠올릴 만한 사찰의 모습이 드러났다.

　사찰은 공지보다 이삼 미터쯤 높은 곳에 고즈넉이 자리 잡고 있었다. 원근은 사찰의 이름이 무엇인지 그런 것에는 관심이 없었다. 그는 내로라하는 선승, 법사, 뭇 스님 들의 각성이나 정진에 대해서도 실은 별 관심이 없었다. 그는 문이 열린 대웅전으로도 올라가볼 생각조차 하지 않았다.

그는 망연한 눈길로 사찰을 한 번 일별하고는 부근의 허름한 식당으로 들어가 막걸리를 시켰다. 절간 앞에서 마시는 막걸리에 두릅나무 새순은 술안주로 일품이었다. 술이 거나해지자 그는 사찰에 울려오는 청량하면서도 그윽한 풍경소리에 젖어들었다. 그제야 그는 막막한 감동에 젖어 자신도 모르게 한숨을 내쉬었다.

원근은 오늘, 무엇보다도 딸에 대한 생각이 간절했다. 가족을 마음속에서 지워버리기는 오래된 연인을 지워버리는 것보다 더 힘든 일이었다. 원근은 지금쯤 딸이 무엇을 하고 있을까, 하고 생각해보았다. 그의 머릿속에는 불을 켠 듯 집안 풍경이 환하게 그려져 있었다. 아마 딸은 지금쯤 자기 방에서 아버지를 생각하며 무엇인가 글을 쓰고 있을지 모른다. 그는 언젠가 딸이 쓴 〈케이크〉란 제목의 글을 우연히 딸의 책상에서 읽고 충격을 받은 적이 있었다.

케이크

나는 요즘 이 세상이 땅에 떨어진 생일 케이크처럼 어딘가 잔
뜩 뭉그러져 있다는 기분이 든다. 이 세상은 누가 땅에 떨어트
린 생일 케이크일까? 누가 떨어트린…… 그런 것을 알 필요
가 있을까?

하지만 그 케이크의 주인이 바로 나라는 점이 문제다. 그 케이
크를 떨어트린 사람은 물론 아빠다. 딸의 18번째 생일을 잊지
않고 늦은 밤에 생일 케이크를 사들고 빵집 문을 나서는 아빠.
다른 손에는 딸에게 줄 책도 한 권 들려 있었으니 얼마나 근사
한 모습인가.

그러나 근사한 필름은 거기서 끊어지고 만다. 아빠는 이미 만
취한 상태였고 비척거리는 바람에 케이크를 그만 땅에 떨어트
리고 만 것이다.

문제는 거기서 끝나지 않는다. 아빠는 두세 번 더 케이크를 땅
에 떨어트리면서도 그것을 끝까지 집으로 가지고 왔다. 그리고
형체도 알 수 없는 케이크에 초를 꽂아 놓고 혼자서 '헤피 버
스 데이~'를 목이 터지라고 소리 높여 부른다.

인생을 너무 일찍 알아버린다는 것은 슬픈 일이다. 내 슬픔은
아빠로부터 온다. 나는 아빠를 미워하고 증오하고 있지만 그가
아주 선한 사람이라는 것을 알고 있기 때문에 슬프다.

아빠는 시를 읽는 것을 좋아했고, 지금도 술이 거나해지면 소
월이나 지용의 시를 줄줄 외우곤 했다. 나는 그런 아빠의 낭만
적 순수함을 좋아했지만, 아빠가 세상과는 무관한 사람처럼 느

껴지기도 했다. 아빠가 반드시 승리자이거나 부자여야 할 이유
는 없지만 그래도 가족을 제대로 부양하는 책임을 다하는 사
람이어야 하지 않는가.

나는 아빠가 위선자라는 생각은 하지 않는다. 하지만 왜 아빠
가 허둥지둥 자기의 정당성만 둘러대며 현실로부터 도피하려
고 애쓰는지 이해를 할 수가 없다. 아빠의 상처는 딱지가 굳어
지지 않은 채 여태껏 피고름이 고여서 종기처럼 곪아가고 있
다. 나는 그런 아빠를 도와줄 아무런 방법도 알지 못한다. 그
것이 나를 한없이 슬프게 한다.

요새 나는 비가 줄줄 새는 오두막에 누워서 등 밑으로 줄줄 흐
르는 빗물 위에 떠 있는 기분이다. 빗물이 강물처럼 흘러서 나
를 저 깊은 바다까지 데려다 주었으면 좋겠다.

자신이 딸에게 그토록 실망을 주고 걱정을 끼쳤던 아빠라니! 그
글을 다 읽은 그는 충격 때문에 쓰러질 것처럼 휘청거렸다.

'결국 나도 못난 아비의 길을 걷고 있구나.'

자괴감이 앞을 가려 눈앞이 흐려질 정도였다. 하지만 딸은 언제나
그의 편이 되고자 노력하고 있었다. 그가 정수공장 사장을 찾아 전
국산천을 헤매다 돌아갔을 때, 딸이 그에게 한 말은 그의 뇌리에 아
직도 살아남아 있다.

"아빠, 절대로 꿈을 포기하지 마세요. 아빠는 세상에 대해서 분노
하고 있는 것 같지만 그것은 꿈을 포기하지 않았기 때문이거든요.

아빠는 깊은 침묵으로, 마치 세상에 등을 돌린 것 같은 표정으로 나날을 보내고 있지만 그것은 아빠가 야심을 품고 있다는 뜻이거든요. 마치 권토중래를 노리는 야심가 같은 것이죠. 아빠, 힘내세요."

그는 아버지의 정이 듬뿍 담긴 손길로 딸의 머리를 쓰다듬었다.

"딸! 네가 용기를 주니 정말 고맙구나."

그렇게 말하는 그의 목소리는 감동으로 몹시 떨렸다. 동시에 그 떨림의 목소리엔 쓸쓸함과 회한이 짙게 묻어났다. 딸이 손을 꼭 잡자 그는 눈물을 흘리기 시작했다. 그는 다시 친구 같은 아버지로 돌아와 있었다. 딸의 격려는 지금도 그에게 커다란 용기와 힘을 주고 있다.

다음 날부터 원근은 그때까지와 전혀 다른 방식으로 세상을 살기 시작했다. 하루 벌어 하루 사는 방식의 삶이 시작된 것이다. 출가한 싯다르타도 그날그날의 끼니를 공양으로 조달하지 않았던가.

그는 자신의 하루살이 인생의 시작을 그렇게 멋진 말로 둘러대고 있었지만 스스로 공허한 느낌이 드는 것은 어쩌지 못했다. 사실 그의 가출은 계획적인 가출이었지만 아무런 준비도 하지 않은, 그래서 어린 소년의 가출보다도 무모해보일 정도였다. 가출 후의 행태는 더욱 그러했다. 부산에 도착한 후 사흘간의 씀씀이는 도가 지나쳤다. 그는 일부러 정신을 놓으려고 작정한 사람처럼 사흘 내내 술에 절어서 살았다. 아껴 썼더라면 보름 정도는 버틸 수 있는 돈이었는데 그는 흥청망청 술을 마시는 데 탕진해버렸다.

여관을 나선 그는 주머니를 뒤져보았다. 아무것도 잡히는 것이 없었다. 어제 저녁 막걸리를 마시고 들어간 여관방에서 2천 원이 모자라 방값을 깎았던 기억이 났다. 그는 배낭 속과 벗어놓은 옷을 꺼내서 뒤져보았다. 500원짜리 동전 2개와 100원짜리 동전 7개가 전부였다. 이제 편의점에서 아침으로 컵라면 하나를 사먹고 나면 끼니도 굶어야 할 판이었다. 어떻게 되겠지 하던 막연한 기대는 역시나 막연하고 무모한 것이었다.

그는 오늘도 무엇을 할 것인지 정하지 못했다. 500원짜리 동전 2개를 주고 아침으로 컵라면을 먹었다. 뜨거운 물을 붓고 라면이 익기를 기다리며 그는 빙긋이 웃었다. 낙망을 하기에는 아직 이르다. 아직 100원짜리 동전 7개가 남아 있다, 원근은 컵라면을 다 먹고 나서 다시 한 번 빙긋이 웃었다. 이제 드디어 배수의 진을 쳐놓았다는 뜻인가? 하긴 이제는 더 뒤로 물러설 자리가 한 치도 남아 있지 않은 셈이었다.

그는 편의점의 구호금 모금함에 100원짜리 동전 7개를 다 넣어버리고 편의점을 나섰다. 중국의 한나라를 세운 명장 한신이 출사표를 던지고 전투에 임하는 자세처럼 늠름하고 가상해 보이기까지 했다. 그는 도로를 따라 무작정 걷기 시작했다. 터덜터덜 산길을 걸어 내려가며 마오쩌둥의 학창시절, 그와 함께 무전여행을 했던 사람이 쓴 책에 나온 대화를 떠올렸다.

"올해는 취미를 바꿔서 거지생활을 해보려고 생각하고 있어."

"거지생활이라니요? 무슨 일입니까? 왜 거지 짓을 합니까?"

"무전여행을 하려고 해. 돈 한 푼 없이 방랑하는 것이지. 먹는 것이나 잠자리는 발 닿는 곳에서 구하면서 말이야. 정말 재미있는 일들을 겪을 수 있고, 여러 고장과 갖가지 재미난 사물들을 만날 수도 있을 거야."

"하지만 아무도 구걸해주지 않으면 어찌 되지요? 굶어죽는 것 아닙니까?"

"바로 그 점이지. 세상인심이 어떻게 나오느냐 하는 문제가 재미있지 않을까? 내가 정말 걸식하다 굶어죽을 것 같은가?"

"글쎄요. 거지가 굶어죽었다는 이야기는 별로 듣지는 못했지만……."

"그래. 거지는 굶어죽지 않아. 거지는 이 세상에서 가장 자유롭고 행복한 사람이야. 사흘 동안 거지노릇을 하면 그 짓을 그만둘 수가 없다고도 하지. 왜 그렇다고 생각하나?"

"왜라니요. 거지에게는 책임이 없으니까요."

"책임뿐만 아니지. 완전한 자유를 얻는 거야. 거지생활의 평화란 어찌 보면 진정한 행복이라고 할 수 있어."

"그렇군요."

그렇다면 원근은 지금 무전여행을 꿈꾸고 있는 것일까? 그렇지 않다면 무엇을 할 것인가?

장사를 하려면 밑천이 들기 마련인데 단돈 천 원도 없으니 이제 그는 몸으로 때워 벌어먹는 노가다 일이나 해야 할 판이었다. 그는 아직 고생을 못 해봐서 저러고 다닌다는 소리를 많이 들었다. 그의 성격상 자신이 남의 등을 쳐서 먹고사는 일은 못 할 것이니 이제 그의 고생문은 훤히 열려 있는 것처럼 보인다.

그런데 그는 웬만한 고생과 방황은 생수공장 사장 장용건을 찾아다니면서 할 만큼 했다. 그때부터 고급스럽고 세련되고 맛깔스런 곳만 찾아다니던 에이스 컴퓨터의 이원근 전무는 이미 존재하지 않았다. 그는 이미 두 차례에 걸쳐서 가출을 결행했던 경험이 있다. 엄밀한 의미에서 그때는 가출이 아니었다. 남들이 보기에 훌쩍 집을 나가 무위도식하며 떠돈 것처럼 보이지만 그때는 생수공장 사장을 찾아야 한다는 확고한 목표가 있었다.

그는 장용건의 연고가 될 만한 곳, 고향집, 처갓집, 회사를 다니던 곳, 심지어 군에서 근무하던 동네까지 이 잡듯이 뒤지고 다녔다.

원근은 그를 만나면 계약금으로 준 3천만 원은 그만두더라도 집을 담보로 빌려준 3천만 원은 반드시 돌려받겠다는 일념을 가지고 있었다. 그는 장용건을 불혹의 나이가 넘어서 만나게 된, 일생에 한 번 만나기 힘든 진정한 친구라고 믿었던 탓에 우정에 대한 배신은 용서할 수가 없었다. 그는 그 잘못으로 인해 아내에게 당한 수모보다도 장용건에 대한 배신감에 더욱 치를 떨었다. 돈도 돈이지만 그는 그것이 자신의 인격을 모독한 사기가 아니라는 상대의 고백을 듣고 싶었던 것이다. 그는 그때까지도 상대가 사기꾼이라는 사실을 믿고 싶지 않았다.

만약 장용건을 만나서 자신이 원하는 고백이나 결과를 얻지 못한다면 그는 상대방을 죽여버리겠다는 각오까지 하고 있었다. 그의 바지 뒷주머니에는 지금도 항상 스위스제 맥가이버 칼이 들어 있다.

그때도 그는 거의 무일푼으로 집을 나가서 세차장, 식당 종업원 등의 밑바닥 일터를 전전하며 추적을 계속했다. 그는 지저분한 대합실이나 노숙자 합숙소에서 며칠씩 굶주리며 보내다가 집으로 돌아오곤 했다. 그는 거지와 다를 바 없는 초라한 행색으로 귀가하면 그동안 어디서 무었을 하고 다녔는지 아무에게도 말하지 않았다.

'그냥 객지에서 죽어버리지 왜 그런 몰골을 하고 집구석에 기어들어와!'

아내는 그런 시선으로 그를 쏘아볼 뿐 아무 말도 하지 않았다. 돈 때문에 거의 숨 막힐 지경이 되자 그는 패닉 상태에 빠져버렸다. 영혼까지 더럽혀지는 이 궁핍 때문에 그는 끝없는 방황을 시작했다.

당시 그는 가정을 유지하기는커녕 자신을 지키기도 힘든 처지에 빠져 있었다.

'왜 나에게 섬광 같은 아이디어와 통찰력이 찾아오지 않는 것일까? 나는 지금 어리석은 낭만에 대한 대가를 치르고 있는 거야. 그래, 너희들은 돈이나 움켜쥐고 살아가거라.'

그는 자포자기 심정으로 속으로 울부짖었다. 커다란 불행이 바로 코앞에 다가왔을 때도 그는 세상에는 사람이 널려 있고 돈도 널려 있다고 생각했다.

그는 아내에게 사람들이 지나치게 돈을 숭배하고 있다고 말하고 너무 지나치게 돈을 좇지 말라고 충고까지 했다. 아내는 그의 말이 못마땅하기만 했다.

"당신은 지금 나를 제 명대로 살지 못하게 간접 살인을 하고 있는 거예요. 내 말 알아들었어요?"

"무슨 소리야! 당신은 지금 상황을 제대로 파악하지 못하고 있어. 살인을 하고 있는 것은 당신이라고! 나는 지금 숨조차 제대로 쉴 수가 없거든."

그러자 아내가 비아냥거리듯이 말했다.

"당신은 지금 제정신이 아니에요. 내가 죽어버리면 당신 생각이 달라질 거예요."

원근은 자기 부부가 어떻게 해서 이런 대화를 나눌 수 있는지조차 이해가 되지 않았다. 그러나 그는 계속 떠들어대야 했다.

"나는 돈이란 것에 넌더리가 나. 나는 돈 따위는 벌지 않겠어."

그러자 아내는 정말 어이가 없고 악이 바친다는 듯 맞받아 소리쳤다.

"그럼 어떻게 살겠다는 것이죠? 나를, 당신은 나를 아주 말려서 죽이고 말겠다는 심사인가요?"

"소인 같은 백수가 어떻게 상무님의 적수가 되겠나이까."

그는 시니컬하게 대답하고 집을 나오고 말았다. 그때부터 그는 가출을 결심하기 시작했다.

도대체 사랑이라니?

물론 한때는 사랑이었으니 결혼도 했겠지만, 그러나 같이 살고 싶은 욕구보다 따로 떨어지고 싶은 욕구가 더 강해진 이후로는 사랑 같은 건 기억할 수조차 없었다.

'아, 비바람을 막아줄 방 한 칸 없이 떠돌다가 굶어죽고 말리라.'

그는 차라리 그것이 자유롭고 자연스러운 일이라고 생각했다. 그는 모든 것을 이해했고 각오도 되어 있었기에 자신 앞에 가난이 기다리고 있다는 것을 알면서도 겁먹지 않았다.

시내로 내려온 원근은 아무 곳에서도 일자리를 찾을 수 없었다. 아니, 일자리를 찾을 노력조차 하지 않았다. 그는 길을 가다가 누가 그를 붙들고 일을 시키면 일을 하겠다는 심보로 여기저기 기웃거렸지만, 누가 그를 붙들고 일을 시키겠는가?

더운 여름날이니 노숙을 한다 해도 무방할 것이다. 며칠 굶는다고 죽을 것도 아니니 무슨 상관이랴 싶은 것이 그의 마음이었다. 다정다감하고 온화했던 그의 영혼은 회색빛으로 탈색된 듯 무엇을 먹고 싶다는 의욕마저 상실해가고 있었다.

그는 선창가에서 정오의 짧은 그림자를 내려다보고 서 있었다.

'그림자가 줄어들어서 제로가 되면 내 육신과 영혼은 이 땅을 떠나리라.'

그는 남포동 거리에서 전당포 간판을 보고 계단을 올라갔다. 기실 그가 찾아다닌 것은 일자리가 아니라 요즘 보기 드문 전당포였는지도 모를 일이었다. 그는 말없이 손목에 찬 시계를 끌러주었다. 안경을 쓴 50대의 사내가 30만 원을 내주었다. 원근은 군말 없이 그것을 받아들고 계단을 내려왔다. 그는 에이스 컴퓨터 이원근 전무의 마지막 유품을 정리한 기념으로 파티를 벌여야 한다고 생각했다. 그리고는 햇살이 뉘엿한 하늘을 슬쩍 올려다보고 선창가의 선술집으로 들어갔다.

원근은 그날따라 술이 금세 취했다. 그는 취기를 느낄 새도 없이 취한 상태에서 술을 마시고 있었다. 그런데 그는 술이 잠시 깨어 저 세상의 누구에겐가 말을 걸고 있는 자신을 발견하고 깜짝 놀랐다.

"알았어. 그러니까 너는 그곳에서 잘 살고 있어. 나도 머지않아 따라갈 거니까."

그는 벽에다 대고 그렇게 중얼거리고 있었다. 원근은 삶이란 자신의 통제를 벗어나서 살아지는 것이란 점을 확연히 감지했다. 물론 취중이었고 의식이 몽롱한 상태, 아니 필름이 끊어진 상태였지만 그의 그런 행동은 타인이 보기에 민망하고 본인 스스로에게도 소름끼치는 모습이었다. 이미 밖은 새까만 어둠이 내렸고 선술집 안에는 손님이 별로 없었다.

"제가 언제부터 이랬나요?"

그는 겸연쩍은 기분이 들었지만 옆자리에 있는 사람에게 묻지 않을 수 없었다. 그 자리에는 30대의 사내 둘이 앉아 있었다.

"한참 되었는데예."

"제가 무슨 짓을 했나요?"

"술 드시다 누구랑 이야기를 하는데 아무도 없는기라. 아주 천연덕스러워서 구경삼아 보고 있었서예."

"무슨 말을 했나요?"

"글시예. 어떤 사람한테 위로의 말을 하는 것 같았는데……."

원근은 자리에서 일어나 셈을 치르고 밖으로 나왔다. 그는 토악질을 할 것만 같은 괴로움을 느꼈다. 이따금 술을 마시다가 동생의 꿈을 꾼 것 같은 기분이 들었던 그 정체를 알게 된 것이었다.

그는 허적허적 걷기 시작했다. 바닷가에 도착한 그는 걸음을 멈추었다. 태풍이 오려는지 바람이 세차게 불고 있었고 파도의 포말이 귀를 때리고 그의 몸을 적셨지만 조금도 신경 쓰지 않았다. 그는 존재의 깊은 심연 속으로 젖어 들어가고 있었다. 그것은 예감된 죽음처럼 안온하고 넉넉한 품을 지니고 있는 듯했다. 만약 쓰나미가 일어나서 바다가 삼켜버려도 아무 흔적도 남지 않는 게 인생이 아닌가. 스스로 대단한 존재라고 고고하고 높은 척해도 사람은 누구나 바다의 물 한 방울에 지나지 않는다. 하지만 그는 별들의 놀라운 반짝임을 소리로 느낄 수 있었다. 마지막 별들이 바다 속으로 달아나고 있었다.

✿❧ ❧✿

시계를 전당포에 맡기고 받은 돈이 다 떨어질 무렵, 원근은 임시직 일용잡부로서 음식물쓰레기를 수거하는 청소부로 취직을 하게 되었다. 원근은 매일 저녁 7시부터 새벽 3시까지 음식물쓰레기를 수거하는 작업을 했다. 원근이 그 일을 시작한 것은 이미 두 달이나 되었다. 그가 하는 청소부 일은 일반음식점이며 학교나 공장 기숙사 식당, 술집 등에서 종일 모은 음식쓰레기를 수거하는 일이었다. 저녁 7시에 청소부 사무실에 출근을 하면 탈의실에서 청소부 옷으로 갈아입고, 청소 차량 한 대에 3인 1조가 되어 시내로 나간다. 모두들 퇴근한 그 시간에, 부산이란 대도시의 후미진 구석을 돌면서 사람들이 먹다 버린 음식찌꺼기를 치웠다.

음식찌꺼기는 원근이 일하는 구역에서 150킬로그램짜리 통으로 하루에 50여 개가 나온다.

그는 처음에 사람들이 그렇게 많은 음식을 버리고 있다는 것을 알고 깜짝 놀랐다. 시내 중심가의 호텔 주방이나 고급 한정식집, 일식집 같은 곳에서는 거의 손도 안 댄 말짱한 음식들이 쏟아져 나왔다. 고급 술집이나 룸살롱에서는 고급 양주가 마개만 딴 채 쓰레기통에 버려져 있기 일쑤였다.

거리에는 노숙자가 넘치고 많은 사람들이 먹고살기 힘들다고 아우성을 치고 있는 형편인데 도시 한복판에서는 매일 수천 톤의 음식이 버려지고 있다니! 처음에 그는 놀라움보다 분노가 앞섰다. 그는 음식을 버리면 하늘의 벌을 받는다는 교육을 받고 자랐다. 그래서 그는 이런 음식을 버리는 자들은 벌 받을 것이라고 말하곤 했다. 그러나 술을 좋아하는 축들은 새벽에 일이 끝나면 그 버려진 술과 음식을 가지고 술추렴을 하느라고 여념이 없었다.

원근은 청소부 일을 시작하면서부터 일절 술을 입에 대지 않은 까닭에 동료들은 그를 알코올 기피자 정도로 알고 있었다. 그는 처음에 그들이 그 음식을 먹고 배탈이 나면 어쩌나 싶었는데 그들 중 누구도 탈이 난 사람은 없었다. 인간은 시궁창 같은 곳에서도 잘 먹고 잘 살아갈 능력을 타고 난 모양이다.

밤새도록 수거한 음식쓰레기는 매립지 같은 곳에 그냥 버리는 것이 아니라 음식찌꺼기를 선별 분리하는 회사로 보내서 양질의 것은 양돈회사의 돼지사료로 쓰이고, 나머지는 퇴비나 연료로 만들어지는 곳으로 보낸다. 사람들은 많은 것을 버리지만 결국 버려지는 것은 아무것도 없었다. 그러나 그 잘못된 버려짐에 대한 분노는 버릴 수 없었다. 그것은 세상의 부조리를 보여주는 여실한 단면이었다.

청소부 사무실에 도착을 때, 작업반장 김 씨가 빈 사무실에서 혼자 라면을 먹고 있었다. 청소부 경력 20년이 넘는 그는, 쉰다섯이나 된 나이인데도 홀아비라 집에 들어가는 날이 드물고, 아예 사무실에서 먹고 자고 살림을 하다시피 한다.

사무실이라야 일반 쓰레기 하차장 한구석에 놓인 컨테이너 박스인데, 그 사무실 안에는 책상 2개와 캐비닛 하나가 놓여 있었다. 그는 캐비닛 뒤에 군용 침대를 놓고서 기숙을 했다.

"라면 좀 먹을래?"

"아니, 늦었는데 나가봐야죠."

원근은 얼른 사무실을 나와 탈의실에서 옷을 갈아입고 그가 타고 다니는 5호차로 갔다. 같은 조인 운전사 윤 씨와 박 씨가 이미 차에 타고 있었다. 그가 차에 오르자 차는 시내를 향해서 출발했다.

"어제는 안개가 지독하게 끼어서 고생했는데 오늘도 그럴까. 앞이 안 보일 정도니 원."

운전사 윤 씨가 중얼거렸다.

"해변도로에서는 사고가 많이 나서 여러 사람 죽었드만요."

박 씨가 말을 받았다.

"그러게 말이야. 이번 가을에는 안개가 기승을 부릴 것 같아."

"오늘도 벌써 바닷가 쪽이 뿌연 것을 보니 안개가 꽤 낄 모양이구면. 운전 조심해서 해야겠어."

박 씨가 말했다.

"그랴, 천천히 달리면 될 일이지 뭐."

차는 원래의 코스대로 제일 먼저 해변 식당가로 향했다. 해변에 이르자 벌써 안개가 바다와 맞닿아 있어서 10미터 앞도 보이지 않을 지경이었다.

"허, 이러다 차가 바다로 뛰어들어도 모르겠는데."

윤 기사가 혀를 끌끌 찼다. 그들은 바닷가 마지막 집에 도착해서 작업을 시작했다.

각 식당마다 모아놓은 음식물쓰레기를 싣고 간 통에 옮겨 담아 차에 싣는 일이 첫 번째 작업이었다. 처음에는 음식물이 튀겨서 온몸에 뒤집어쓰기는 예사였고, 무거운 음식쓰레기통이 너무 크고 미끈거려서 발등을 다치거나 손목을 다치기 일쑤였다. 소위 말하는 3D 업종 중에서도 최악의 여건을 가진 업종이었다. 그렇다고 급료가 많은 편도 아니다. 그래서 젊은 사람들은 아예 지원자가 없었고 새로 들어온 중늙은이들도 한 달을 넘기지 못했다.

그러나 그는 첫 달 월급을 받고 나자 마음이 편해지고 일에도 잘

적응이 되기 시작했다. 일이 힘들었지만, 단순해서 머리를 쓰지 않아도 되는 순수한 노동이라는 것이 정말 마음에 들었다.

"수고들 많아요. 출출할 텐데 이 오징어순대 좀 들고 해요."

우리가 진영 횟집 쓰레기를 옮겨 실을 때, 인심이 좋은 주인아줌마가 오징어순대 한 접시를 들고 나왔다.

"번번이 이렇게 얻어먹으면 미안해서 어쩌죠?"

윤 씨가 말했다.

"아이고, 다 먹고살자고 하는 일인데, 이까짓 것 정도야. 어서들 드슈. 자, 박 씨는 술도 한 잔 하시고!"

주인아주머니는 이미 박 씨가 애주가인 것을 아는 터라 종이컵에 소주를 한 잔 그득 따라와서 그에게 넘겨주었다.

"역시 진영 아줌씨가 최고여."

박 씨가 엄지손가락을 치켜들고는 술잔을 단숨에 들이켰다. 그의 눈썹은 안개에 허옇게 젖어 있었다. 주인아줌마는 씩 웃더니 식당 안으로 들어갔다. 해변 식당가를 돌아 나올 때는 바다 쪽에서 스멀거리던 바다 안개가 상륙 작전에 성공해서 진격하는 군대처럼 시가지 쪽으로 밀려가고 있었다.

차는 해안 언덕의 K호텔을 향해서 달리고 있었다. 박 씨는 K호텔 음식물쓰레기 속에서 양주 반병을 찾아내고 월척을 낚은 낚시꾼처럼 좋아서 낄낄거렸다. 아무리 술을 좋아한다지만 남들이 먹다버린

찌꺼기를 저렇게 좋아할 수 있을까?

"박 씨는 술이 그렇게 좋아요?"

원근은 남이 먹다버린 물건을 주워들고 그렇게 좋아하는 것이 이해가 되지 않았다.

"그럼, 너같이 술을 모르는 샌님들이 주선의 경지를 어찌 알겠어."

그는 안주거리를 찾아야겠다고 부산을 떨면서 음식물찌꺼기를 뒤지기 시작했다. 그는 원근보다 한 살이 위인데 술을 너무 좋아해서 중늙은이처럼 겉늙어 보였다.

K호텔을 떠난 차는 시내 식당가를 향해서 달리기 시작했다. 시내 쪽에는 어제처럼 안개가 기습적으로 상륙 작전을 해서 몰려 온 점령군처럼 시내를 점령하기 시작했다. 모두들 잠든 까만 새벽. 어둠 속의 안개를 뚫고 밤 고양이처럼 시가지를 누비고 다니는 것은 한없이 쓸쓸한 외로움을 느끼게 한다. 그러나 그 쓸쓸함과 외로움은 달콤하기도 하다. 남들이 잠들어 있을 때 깨어 있다는 것을 자각하고 어두운 밤의 틈새를 비집고 다니며, 다가오는 새벽의 향기를 맡는 일에 익숙해지면서부터 그는 그 일이 재미있어지기 시작했다.

새벽 2시, 그가 탄 5호차는 여느 날처럼 음식물쓰레기를 가득 싣고 하치장으로 들어섰다. 윤 기사는 음식물쓰레기 분리회사의 차 바로 옆에 차를 붙였다. 이제부터 음식물쓰레기통을 음식물쓰레기 분리회사의 차에 옮겨 싣는 작업이 시작되는 것이다. 그 일은 추운 겨울철에도 땀이 솟는 가장 힘든 작업이었다. 물론 음식물쓰레기통은 유압식 펌프를 사용해서 들어 올리고 내렸지만, 그 유압식 펌프가 있는 발판까지는 150킬로그램이나 나가는 통을 사람이 굴려 가야 했다.

　한 시간 가까이 그 작업을 하자 일이 끝났다.

두 달이 넘게 청소부 생활을 하면서 원근은 자립의 기반을 잡아나갔다. 자립의 기반이란 별다른 것이 아니었다. 노숙자 합숙소에서 지내던 생활이 반지하 월세 방으로 바뀌었고, 옷도 몇 벌 사서 입었고, 가끔은 혼자서 영화구경을 가거나 서점에 들러서 책을 사보는 등 문화생활을 영위하기도 한다는 것이었다.

최근에 일어난 주목할 사건이라면 친구인 최석영과의 우연한 조우였다. 원근은 비번인 날 오후, 광복동 길을 걷다가 석영과 딱 마주쳤다. 별로 만나고 싶지 않았지만 막상 마주치고 보니 생각보다 반가움이 컸다. 어쩌면 스스로 그와의 우연한 조우를 기다렸던 듯하기도 했다.

그는 원근의 가출사건을 이미 알고 있었다. 아내에게서 전화가 왔다는 것이었다. 두 사람은 생맥주를 마시며 그간의 회포를 나누었다. 원근은 석영에게 자신을 만난 이야기를 아내에게 전하지 말라고 신신당부했다. 석영은 원근의 가출을 내심 이해하면서도 무모한 행동이라 비난하고 나섰다. 특히 그가 지금 이곳에서 청소부 노릇을 하고 있다는 말을 듣고 실소를 자아내며 말했다.

"이제 돌아가야 할 때가 된 것 아니야?"

"왜 그런 말을 하지?"

"이윤기의 《숨은그림찾기》란 소설에 이런 말이 나와. 권투선수는 링 위에서 싸우다가, 3분이 흐르면 세컨드가 기다리는 구석 자리의 코너 스툴로 돌아간다. 그는 거기에서 1분 동안 피도 뱉고 물도 마시고 사타구니에 바람도 넣고 세컨드의 훈수도 듣고 하다가 공이 울리면 한결 가벼워진 걸음걸이로 다시 싸움터로 나선다. 구석 자리의 코너 스툴이 없으면 권투선수는 얼마나 고단할 것인가."

"이 사람아, 나는 권투선수가 아닐세."

"이윤기의 소설에는 또 이런 말도 나오지. 미국 네바다 주의 황량한 열사 지대에는 '오아시스'라는 말이 들어간 상호가 유난히 많다. 권투선수가 아닌 나에게도 구석 자리가 있다. 그래서 나도 그 구석 자리로 돌아가보고는 한다. 삶은 싸움이 아닐 것인데도 어쩐지 자꾸만 싸움 같아 보일 때면, 그 싸움을 싸우다 지쳤다 싶을 때면 돌아가보고는 한다."

원근은 그런 말을 듣자 맥이 탁 풀렸다. 자신의 행동을 시인이란 작자가 그렇게밖에 이해하지 못한다는 것이 안타까웠다.

"그래, 나의 행동은 싸움 맞다. 나는 세상의 모욕 앞에 그는 분노하고 있었던 것이다. 집이 견딜 수가 없었어. 그래서 가출을 결심한 거야. 하지만 세상이 그를 버리므로 나도 이렇게 세상을 버린다는 식의 가출은 아니었다."

원근의 목소리는 자신도 모르게 격앙되고 있었다.

"나는 지금 가출하는 아이들이 몹쓸 아이들이라는 식으로 말하는 게 아니야."

석영이 원근의 눈을 빤히 쳐다보며 말했다.

"나는 간혹 나에게 묻는다. 나는 아내가, 아이들이 그리운가? 그리고 늘 같은 대답을 한다. 아니다. 내가 그들을 그리워하기엔 그들에게서 이미 너무 멀리 와 있다."

원근은 자신의 심사를 달래며 연극 대사를 외우듯 말했다.

"이제 더 이상 가족을 사랑하지 않는다는 것이냐?"

"그건 사랑과는 다른 의미야. 나는 그들에게서 이미 너무 멀리 와 있다는 것이지."

"네가 사랑하는 사람은 누구냐?"

"바로 나 자신이지."

"너무 이기적이라고 생각하지 않나?"

"아니야, 나는 가짜영혼을 살았어. 일종의 연극을 한 셈이지. 자기 자신을 사랑하지 않는 세상은 일종의 지옥일 뿐이야. 천지에 불쌍한 인간의 울음소리가 들려오고 있구나."

"야, 유치하다. 그런 신파조의 목소리는 집어치워."

석영은 취기가 오르는 듯 참을성을 잃고 소리쳤다. 그러더니 다시 차분한 목소리로 달래듯 말했다.

"네 심정은 충분히 이해해. 하지만 어떤 사람도 자신의 의무를 저버릴 권리는 없어. 지금 너는 현실을 도피하고 있는 거야. 네가 현실 도피를 한다고 달라질 것은 없어. 네 아내가 가엽지 않니? 아이들은 어떡고?"

"맞아, 나는 현실도피를 하고 있는지도 몰라. 하지만 나는 현실을 바꾸고 싶지 않아. 다만 나의 현실만 바꾸고 싶을 뿐이야."

원근은 그렇게 말하며 그 자리가 지겨워졌다.

"그만 가자. 뚜마 때문에 들어가보아야 해."

"뚜마가 누군데?"

뚜마는 며칠 전에 청소부 일을 하다가 길에서 주운 개였다. 차에 치었는지 앞다리가 부러져서 신음을 하고 있는 것을 동물병원에 데리고 가서 치료를 받고 깁스해서 집에 데리고 있는 푸들이었다.

"미친 놈. 지 새끼들은 다 버리고 와서 개새끼를 거두고 있다니!"

석영이 아주 이를 가는 목소리로 말했다. 자리에서 일어서려던 원근은 도로 주저앉았다.

"그래, 네 말이 맞아. 나는 내 가족이란 배우들보다 비루먹고 다리 부러진 개새끼가 더 좋은 또라이 새끼다."

그렇게 말하고 원근은 술을 더 시켰다. 그는 잔에 술을 따르고 단숨에 들이켠 후 말했다.

"내 새끼들은 내게 무슨 역할을 바라고 있지만 개새끼는 내게 무슨 역할을 바라지는 않거든. 나는 연극 무대에 서고 싶지 않을 뿐이야."

"네 심정 모르는 것은 아니야. 네가 개새끼처럼 단순하게 사는 것이 부러워서 해본 소리야."

석영이 실실 웃음을 흘리며 말했다.

"개새끼처럼 단순하게 사는 것이 부럽다? 너도 무슨 문제가 있는 것 아니야?"

"그래, 나도 너처럼 다 버리고 떠나고 싶다. 됐냐?"

"그래, 사람들은 다시 태어나기를 죽는 것만큼 두려워하지. 삶에 지치고 피곤한 자들이, 죽음처럼 살고 있는 자들이 실은 지치지도 않고 세파에 떠밀리며 용케도 살고 있는 거야. 너는 떠나지 말고 나를 부러워하며 살아라. 알았냐?"

"알았다."

그들은 이미 이성을 풀어헤친 채, 술이 술을 마시고 술이 사람을 마시는 단계로 진입해 있었다.

원근이 집으로 돌아간 것은 거의 새벽녘이었다. 두 달 이상 끊었다가 마신 술이라서 더 빨리 취했다. 더구나 석영과는 몇 년 만에 만나 회포를 푸는 자리였고 이야기의 주제가 가족에 대한 것이었기에 두 사람은 통음을 하지 않을 수가 없었다.

비척거리며 집 안으로 들어서자 뚜마가 원근을 반겼다. 녀석은 주인의 상태는 아랑곳하지 않고 깁스한 발을 들고 깡충거리며 밖으로 나가자고 보챘다. 취기가 정신을 흐리게 하고 눈을 가렸으나 원근은 본능적으로 개를 데리고 밖으로 나왔다.

뚜마란 녀석은 아주 영리했다. 청소부 일을 마치고 그가 집에 돌아가는 새벽 4시, 그 시간 전에는 결코 똥을 싸는 법이 없었다. 뚜마는 지금도 그를 기다리다가 볼일을 해결하겠다고 성화를 부리는 것이었다. 원근은 여전히 얼큰한 취기를 느끼면서도 개를 따라 비척거리며 걸었다. 그것은 마치 개가 주인이 되어 그를 이끌고 가는 형국이었다.

녀석은 마을 공터로 나오자 쭈그리고 앉아서 볼일을 보았다. 잠시 후 용무를 마친 녀석은 다시 줄을 매단 채 내달렸다. 세 발로 경중거리는 걸음이었지만 무척 상쾌한 모양이었다.

원근은 그런 뚜마가 좋았다. 무엇보다 개는 사람에게 아무것도 바라지 않는다는 점이 마음에 들었다. 만나는 순간부터 뚜마는 그에게 전혀 낯설지 않고 편안한 존재였다.

원근과 뚜마의 만남은 이러했다. 어느 날 일을 마치고 터덜터덜 집으로 가고 있을 때였다. 비가 내리는 날이 아니었는데도 물벼락을 맞은 듯 잔뜩 젖은 개 한 마리가 비척거리며 걷다가 쓰러지고 다시 일어서려고 애를 쓰고 있었다. 그것은 개가 아니라 털 뭉치가 굴러가다가 멈추고 굴러가다가 멈추는 형상이었다. 개는 일정한 방향을 향해서 가고 있었는데 가만히 보니 그가 가는 방향과 같았다.

원근은 잠시 멈추어 서서 개를 바라보다가 가까이 다가가서 자세히 살폈다. 젖은 솜뭉치 같은 개가 눈을 반짝이며 그를 올려다보았다. 그를 반기는 기색이 완연했다. 저 좀 도와주세요, 하는…….

"저런, 많이 다쳤구나. 어디 좀 보자."

차에라도 치었는지 녀석의 몸은 여기저기 피로 물들어 있었고, 오른쪽 앞 다리는 부러진 것처럼 힘없이 늘어져서 덜렁거리고 있었다.

"다리가 부러졌구나. 가만 있자, 지금 동물병원이 문을 연 데는 없을 것이고……."

그렇게 중얼거리며 원근은 개를 안고 집으로 돌아왔다. 그리고는 녀석의 피를 닦아주고 나무젓가락을 부러뜨려 개의 발에 고정시키고 붕대를 감아주었다. 먹을 것을 주자 녀석은 잔뜩 굶주린 것 같은 표정인데도 점잖게 식사를 했다.

병원이 문 열기를 기다리는 동안 그는 개를 바라보며 이 녀석의 원래 이름은 무엇일까, 하고 생각했다. 그러다가 문득 그것이야말로 실없는 생각이라고 느꼈다. 녀석의 이름이 원래 무엇이든 무슨 상관이랴. 개가 알아서 제 이름을 불러달라고 할 것도 아닌데. 사람들은 단지 자신의 편의를 위해 모든 것에 이름을 짓고 부르는 것이 아닌가. 개는 그냥 거기 있을 뿐이고 이름을 붙인다고 달라지는 것도 아닌데…….

이렇게 생각하다가 김춘수의 〈꽃〉이란 시가 생각났다.

내가 그의 이름을 불러 주었을 때 그는 나에게로 와서 꽃이 되었다.

그런 생각을 하다가 그의 입속에서 뚜마, 뚜마라는 발음이 침처럼 고여서 기어 나왔다. 자신이 이름을 불러주는 무엇인가를 생각하는 그때 비로소 뚜마는 뚜마가 되었다. 그는 나지막이 뚜마, 하고 불러 보았다. 그러자 녀석은 그를 바라보며 꼬리를 살랑살랑 저었다. 그렇게 해서 뚜마라는 이름이 녀석의 이름이 되었다.

아침 9시가 되자 그는 개를 안고 동물병원을 찾았다. 깁스를 하고 주사를 놓자 녀석은 금세 활기를 찾았다.

집으로 돌아오자 뚜마는 그때부터 원근을 감동시켰다. 그 녀석은 아주 영리하고 제대로 훈련받고 자란 개였다. 무엇보다 용변을 보는 것이 절도가 있어서 좋았다. 신문지를 깔아 놓고 여기서 응아를 해야 해, 하고 가르쳐 주었어도 용변은 반드시 밖에 나가서 보았다.

뚜마는 정이 많거나 정에 굶주린 개였다. 그가 퇴근을 해서 파김치가 되어 집으로 돌아가면 마치 수고했다는 듯 그의 가슴팍으로 뛰어 올라와서 주둥이를 비비며 애정을 표하는 것이었다.

또 스스로 감정 표현과 절제를 잘하는 개였다. 평상시에는 원근이 바라보고 아는 체를 하지 않으면 저도 시치미를 떼고 모른 척하고 앉아 있다. 너무 심심하다는 생각이 들어서 그가 뚜마, 하고 부르는 순간에서야 기다렸다는 듯이 펄쩍 뛰어오르며 달려들어 주둥이를 비비며 가슴으로 파고들었다. 어찌나 씩씩거리며 달려드는지 저러다가 깁스한 다리가 잘못되는 것은 아닌가, 하고 걱정이 될 지경이었다.

그는 그렇게 뚜마와 정이 들어갔다. 아내가 개를 싫어하는 깔끔한 성격이라서 그동안 그는 개를 기를 수 없었다. 사실 원근은 어린 시절에 개를 무척 좋아해서 개고기를 먹는 아버지를 야만인이라고 비난하기도 했다.

한 달쯤 지나자 녀석의 깁스를 푸는 날이 되어서 동물병원을 찾았다.

"이제 다 나았습니다."

수의사가 깁스를 풀며 말했다. 수의사가 뚜마를 바닥에 내려놓자 녀석은 의심스럽다는 듯 가만히 깁스를 푼 발을 바닥에 대보았다. 순간 원근은 녀석이 사람 못지않게 영리하구나, 하고 생각을 했다.

집에 돌아오자 녀석은 신이 나서 깡충거리며 방안을 이리저리 내달리기 시작했다. 마치 그동안 달리지 못한 것에 대한 한풀이라도 하는 듯 녀석은 한참이나 좁은 방안이 먼지로 뽀얗게 될 정도로 미친 듯이 내달렸다. 그리고는 제 모양을 물끄러미 바라보고 있는 원근의 품속으로 기어 들어와서는 부끄럽다는 듯이 머리를 비비며 씩씩거렸다. 그를 올려다보는 눈빛이 마치 기쁨을 노래하고 있는 듯했다. 원근은 그런 뚜마의 행동과 눈빛을 보고 깊은 감동을 받았다.

"인마, 그렇게 좋냐?"

녀석은 알아들은 듯이 끙끙거리며 대답했다. 그러자 원근은 개도 사람의 새끼 못지않다는 생각을 했다.

그날 이후 원근은 청소부 일을 하는 동안에도 뚜마가 생각나고, 뚜마의 모습이 눈에 밟히기 시작했다. 원근은 참 알다가도 모를 일이라고 생각했다. 처자식도 버리고 나와 담담하게 지낼 수 있었는데 버려진 개 한 마리가 자신의 혼을 사로잡다니! 어떻게 그런 일이 있을 수 있단 말인가! 그는 스스로도 믿기지 않았다.

✵✵ ✵✵

원근은 청소부로 번 돈의 절반을 요양원에
기부하기 시작했다. 그는 자신이 왜 그 일을 하게 되었는지 자신도
몰랐다. 세 번째 월급을 타는 날, 문득 그 일을 해야겠다는 생각을
하게 되었을 뿐이다.

그는 일요일에 버스를 타고 섬에 있는 요양원을 다녀왔다. 그가
그 일을 하게 된 배경이라면 요양원의 어려운 실태를 다룬 TV프로
그램을 우연히 보았다는 것뿐이었다. 원근은 TV에서 본 요양원의
이름조차 기억하지 못했지만 인터넷을 뒤져서 가장 외로워 보이는
섬에 있는 요양원을 하나 찾아냈다. 그곳은 섬이었지만 다리가 놓여
있었으므로 버스를 타고 다닐 수 있었다. 그때부터 일요일은 그에게
가장 바쁜 날이 되었다.

그는 단순히 돈만 내는 것이 아니라 일요일마다 그곳에서 봉사활동을 했다. 청소부 일을 마치고 돌아와 잠시 눈을 붙이고는 정오에 그곳으로 갔다. 그곳은 육지와 이어지는 다리가 있기는 하지만 거의 개발이 되지 않은 오지의 섬이어서 봉사를 가는 길이 상당히 험난했다.

그날은 낮인데도 안개가 심했다. 가을이 깊어 갈수록 안개는 점점 더 밀도가 진해지는 것 같았다. 이러다가 이 도시가 안개 속에 갇혀 버리는 것은 아닐까. 안개는 도시에 견고한 안개의 성을 쌓고 있는 것인지 모른다는 생각이 들었다.

버스에서 내려 요양원 안으로 들어서자 마침 지나가던 문양숙 복지사가 그를 반겼다. 그녀는 그가 후원을 하기로 한 암 환자의 담당 복지사였다.

"오셨어요?"

"예."

"어머니가 차도가 있으세요. 요즈음 들어서 신앙심이 깊어지시더니 머지않아 일어서실 것 같아요. 식사도 많이 하시고 운동도 열심히 하세요."

그렇게 들으니 마치 자신의 어머니가 그곳에 계신 듯한 기분이 들었다. 원근은 문득 어머니가 지금까지 살아계셨더라면 자신이 지금과 같은 모습이 아니었을 것이란 생각에 어머니가 무척 그리웠다.

그곳에는 60여 명의 거동이 불편한, 중풍환자나 암 투병환자, 치매에 걸린 노인들이 있다.

"우리 어머니가 일어서시면 제가 문 복지사님께 한턱내지요."

그는 진심으로 그렇게 말했다.

"어머, 정말이세요?"

그녀는 아주 반색을 하며 그를 쳐다보았다. 그녀는 수더분한 외모만큼 환자들에게 정이 많고 궂은일에도 얼굴 한 번 찌푸리는 일 없이 맡은바 일을 묵묵히 해나가는 여자였다.

"그럼요."

그렇게 대답을 하고 그는 뜬금없이 자신의 어머니가 된 환자를 찾아가보았다.

67세의 말기 폐암환자인 김정분 여사.

원근의 새로운 어머니는 자고 있었다. 어머니의 혈색은 과연 전보다 밝고 평온해보였고 숨결은 고르고 잔잔했다.

병실에서 나온 원근은 화장실 청소를 시작했다. 화장실 청소는 그가 일요일마다 그곳에서 하는 일이었다. 요양원에는 모두 4개 동의 건물이 있고, 2개 동은 단층 건물이고 2개 동은 2층 건물이다. 2층 건물에는 각 층마다 화장실이 있어서 요양원에는 총 6개의 화장실이 있는 셈이었다. 그 화장실에는 모두 38개의 좌변기와 18개의 소변기가 있다. 이것을 사용하는 노인들은 거의 거동이 불편한 사람들이었기 때문에 화장실은 수시로 청소를 해주어야 했다. 그래서 화장실 청소 담당 아주머니가 두 사람이나 있다. 그녀들은 원근이 오는 일요일을 좋아했다. 그의 봉사활동 덕에 일요일은 저녁에 출근을 해도 되기 때문이다.

처음에는 역한 냄새에 구토까지 했지만 3주일째부터는 청소 중에 화장실을 오는 노인들 시중까지 자연스럽게 맡게 되었다.

화장실 청소를 하면서 돈 버는 일보다는 그런 일에 더 재미를 느끼고 있는 자신이 스스로 생각해도 신기했다. 그러나 그는 자신이 하는 일을 두고 세상에 봉사한다는 그런 사치스런 생각 따위는 하지 않았다.

'인간의 모든 행위는 스스로의 삶을 위한 방편적 지혜일 뿐이다. 나는 이렇게 함으로써 가정을 버리고 혼자 살아가는 데 대한 당위를 얻고자 함이 아닌가.'

거기까지 생각한 그는 스스로가 괴이해서 씩 웃고 말았다. 그리고 속으로 말했다. 이게 다 자신 나름대로의 기도 방식이라고…….

화장실 청소를 끝내고 나서 원근은 문 복지사를 찾았다. 그녀는 자신의 수입에 비해 적지 않은 돈을 기부하면서 매주 와서 봉사까지 하고 가는 그에게 많은 관심을 보이고 있었다.

"선생님은 전에 뭘 하셨어요?"

"고등학교에서 국어를 가르쳤습니다."

"그런데 왜?"

"그저 사는 게 힘들어서……."

"어떻게 태어난 인생인데 살아야지요."

"1조 5천억 원의 경쟁력을 뚫고 나온 생명이란 말씀이죠?"

"그럼요."

그런 대화를 나누다가 원근은 다시 시내로 돌아와 청소부 일을 나 갔다.

안개

꧁ ꧂

어느 날이었다. 정오 무렵 잠자리에서 일어나 아침 겸 점심을 먹고 뚜마를 데리고 산책을 했다. 뚜마란 녀석이 꼬리를 좌우로 살래살래 내저으며 이상한 행동을 하기 시작했다.

녀석은 자꾸 사방을 두리번거리고 코를 킁킁거리며 무엇인가를 찾는 듯했다. 몇 번인가 그런 행동을 하더니 그가 잡고 있는 줄을 끌고 집 쪽으로 내달리는 거였다. 아무리 생각해도 이상한 행동이었다.

"뚜마, 왜 그러니?"

원근은 뚜마를 세우고 쭈그리고 앉아서 정식으로 물었다. 녀석은 예의 하소연하는 눈빛으로 주둥이를 자꾸 부비며 안기더니 다시 줄을 끌고 벅벅 내닫는 거였다. 하는 수 없이 개에게 끌려가는 꼴이 된 그는 무슨 일인가 궁금해서 녀석을 따라 바삐 걸었다.

200미터 쯤 그렇게 가고 있는데, 한 여자가 마주 걸어오고 있는 것이 보였다. 순간, 그는 그 여자가 뚜마가 이상한 행동을 벌이게 만든 장본인이라는 것을 직감적으로 깨달았다.

아니나 다를까. 뚜마는 그 여자 앞에서 걸음을 멈추고 서더니 꼬리를 살살 내젓는 것이었다.

뚜마를 바라보는 그 여자의 표정은 더욱 가관이었다. 여자는 어쩔 줄 모르는 표정으로 혼자서 부르르 몸부림을 치더니 개의 이름을 불렀다. 무슨 이름이었는지는 잘 듣지 못했지만 '마' 자가 들어간다는 것은 확실했다.

어쨌거나 그렇게 이름을 부르며 달려온 여자는 개 줄을 들고 서 있는 원근은 안중에도 없이 개에게 달려들어 녀석을 꼭 껴안고 키스를 마구 퍼부어대는 것이었다. 그것은 마치 이산가족이었던 모자의 상봉처럼 눈물겨운 장면이었다. 한참을 그러고 있던 여자는 정신이 돌아오는지 개를 땅에 내려놓고는 일어서서 원근을 바라보았다.

"아저씨는 누구세요?"

그 질문은 마치 존재의 시원(始原)을 묻는 것처럼 으스스하게 들렸다. 그는 개 줄을 쥐고 있는 자신의 존재를 부각시키기 위해서 줄을 든 오른손을 높이 들고 말했다.

"보시다시피 이 개의 주인입니다."

"이 개의 주인은 전데요."

아, 뚜마의 주인이라는 여자가 나타난 것이었다.

그는 비로소 올 것이 왔다는 것을 깨달았으나 뒤로 물러설 수 없다는 전의를 불태우기 시작했다. 이제 막 정이 들기 시작한, 길을 가다가도 눈에 밟히기 시작한 뚜마를 빼앗길 수 없다는 절체절명의 위기감 때문이었다.

"댁이 이 개의 주인이란 증거가 있습니까?"

원근은 그렇게 질문을 던지고 아차 싶었다. 원래의 주인이라면 그런 질문을 할 까닭이 없었던 것이다.

"저는 이 개를 2년이나 길렀어요. 그런데……."

"그런데 왜 이 개가 내 손에 있는 겁니까?"

그는 그 질문도 잘못된 질문이라고 생각했다.

"그런데 어느 날 갑자기 개가 없어졌어요. 이 개를 얼마나 찾으러 다녔는지 몰라요."

여자가 울먹이며 말했다.

"이 개가 당신의 개라는 호적증명이라도 있나요?"

그는 그 질문 역시 잘못된 질문이라고 생각했다.

"그건 아니지만 이 개는 내 개예요. 이 개가 나를 알아보고 저렇게 좋아하잖아요."

뚜마라는 녀석은 마치 10년 만에 다시 애인을 만난 것처럼 혀를 잔뜩 뽑아 물고 헉헉거리며 여자에게 달려가려고 무진 애를 쓰고 있었다. 그때 무슨 오기가 발동했는지 원근은 불쑥 이렇게 말했다.

"우리 내기합시다."

"무슨?"

"이 개가 당신 개라면 당신에게 갈 것이고 내 개라면 내게로 올 것이 아니겠소. 개에게 선택권을 주자는 것이오."

그러자 여자의 구겨졌던 얼굴이 확 펴지며 안심한 얼굴이 되었다.

"좋아요."

그 선선한 대답에 원근은 가슴 한쪽이 무너져 내리고 있었다. 하지만 표정은 아주 삼엄하고 의연했다.

"뚜마야, 너 알아들었지? 네 주인은 네가 선택하는 거야."

녀석은 멀뚱한 표정으로 그를 올려다 보았다. 원근은 아무 말 없이 녀석의 눈을 힘주어 바라보았다. 그리고 여자를 향해서 말했다.

"10보씩 물러나서 개를 부르는 거요. 개가 찾아간 사람이 개의 임자요."

여자가 고개를 끄덕였다.

그는 개 줄을 풀어주었다.

"너는 여기 있다가 내가 부르면 달려와. 인마, 알았지?"

그의 마지막 말은 스스로에게 하는 비명처럼 들렸다. 녀석은 멀뚱한 표정으로 그를 올려다 보았다. 남자와 여자는 각자 10보씩 물러났다. 개는 신통하게도 중간에 그냥 선 채로 양쪽을 번갈아 바라보고 있었다.

"마루야, 이리와."

"뚜마, 휘익—."

그는 이름을 부르고 휘파람을 불어 재꼈다. 뚜마가 비로소 결심을 굳힌 듯 여자를 바라보았다. 그리고는 천천히 머리를 돌리더니 원근을 바라보았다. 녀석은 잠시 망설이는 듯하더니 천천히 발을 내디뎠다. 뚜마는 원근을 향해서 천천히 걸어갔다.

여자는 얼굴에 핏기가 가시며 낯빛이 새하얗게 변해서 멍하니 서 있었다. 그녀는 자기 눈앞에 벌어진 일을 믿지 못하는 것 같았다.

"안 돼, 마루야. 이리 와."

그러나 개는 원근의 앞에 앉아서 멀뚱멀뚱 그녀를 바라볼 뿐이었다.

"이건 마루가 말뜻을 잘못 알아들은 거예요."

"억지 쓰지 맙시다."

원근은 차갑게 말했다. 그는 다시 개의 목에 줄을 걸고 일어섰다.

"뚜마야, 가자."

"안 돼요. 그럴 수는 없어요."

여자가 그들의 앞을 가로막고 나섰다.

"좋아요. 한 번 더 내기를 합시다."

뚜마의 행동에서 자신을 얻은 원근은 여자에게 한 번 더 기회를 주기로 했다.

"어떻게요?"

"개를 여기 놔두고 각자 등지고 걸어가는 거요. 그러면 개가 주인이라고 생각하는 사람을 따라갈 것 아니겠소. 그때는 다른 말하지 않기요."

"알았어요."

"뚜마야! 네가 주인이라고 생각하는 사람을 따라가는 거다."

원근이 개에게 말하고 잡고 있던 개 줄을 놓았다.

"마루야, 나를 따라와야 해. 내가 너를 얼마나 찾았다고."

여자는 개의 머리를 쓰다듬으면서 말했다.

"자, 각자 20보 앞으로 걸어갑시다."

두 사람은 개를 가운데 놓고 서로 등을 진 채 앞으로 걸어 나갔다. 앞으로 걸어 나가면서 원근은 하늘에 기도를 하고 있는 자신을 발견했다.

10, 11, 13…… 20.

원근이 뒤를 돌아보았을 때 녀석은 따라오지 않았다. 그렇다고 여자에게로 간 것도 아니었다. 다만 여자 쪽으로 머리를 두고 여자를 바라보고만 있었다. 꼬리를 살랑살랑 흔들며…….

"마루야, 어서 와."

여자가 마구 손짓을 해댔다. 그러나 개는 천천히 고개를 돌려 원근을 바라보았다. 그는 두 팔을 크게 벌려 안는 시늉을 했다. 그러자 개는 천천히 몸을 돌려 원근에게로 발걸음을 옮겼다.

"잘했어. 너는 아주 현명한 선택을 한 거야."

원근은 여자 쪽은 바라보지도 않고 개 줄을 손에 들고 집 쪽으로 걸었다. 개는 여러 번 여자 쪽을 바라보았으나 원근을 따라 걸었다.

"저기 잠깐만요."

뒤를 쫓아오던 여자가 그에게 다시 말을 걸어왔다.

그는 아직도 무슨 용건이 남았느냐는 듯이 뜨악한 얼굴로 여자를 돌아보았다.

"아저씨, 아저씨 집이 여기에요?"

"그런데요."

"전에 제가 이 집에서 살았어요. 그래서 마루가……."

여자가 말끝을 흐렸다. 전에 살던 집이라서 개가 여기로 왔다는 말을 하려고 했지만 그것이 말이 안 된다는 생각을 했던 것이다.

"이 집 주인이 마루가 내 개라는 것을 알아요."

그녀는 이제 증인을 들이대서라도 개를 찾고야 말겠다는 듯 결연한 표정으로 말했다. 원근은 비로소 여자를 찬찬히 뜯어보았다. 서른 살쯤 되어 보였고 볼에 보조개가 있어 귀여워 보이는 데가 있는 여자였다. 원근은 여자를 무시하고 문을 열고 안으로 들어섰다.

"저, 들어가서 차 한 잔 마시고 가면 안 돼요?"

그가 문을 닫으려는 순간 여자가 소리쳤다. 그는 그냥 문을 닫으려다가 여자가 불쌍하다는 생각이 들었다.

"내 집에는 차가 없는데……."

원근은 그렇게 말하고 여자를 바라보았다.

"그냥 물이라도……."

"그러시죠."

그는 아주 무덤덤한 목소리로 말했다.

"집 안이 아주 지저분한데."

그가 그렇게 중얼거리는 사이에 여자는 다소 겸연쩍은 표정을 지으며 안으로 들어섰다. 여자는 집 안에 들어오자 개를 껴안고 울기 시작했다.

"너, 내가 왜 싫은 거니? 내가 너를 너무 외롭게 했나보구나."

원근은 컵에 물을 따라서 여자 앞에 내려놓았다.

"아저씨는 애를 어떻게 꼬인 거예요?"

그는 대답하지 않고 자신도 물을 한 컵 따라서 여자와 마주 앉았다.

"저는 마루를 2년이나 키웠는데 어떻게 얘가 아저씨를 따라갈 수가 있죠?"

그녀는 지금 벌어지고 있는 현실을 여전히 믿지 못하겠다는 듯 중얼거렸다.

"제가 그동안 얘를 너무 외롭게 했나 봐요."

그는 여전히 아무 대답도 하지 않고 물을 마셨다.

"아저씨, 우리 마루를 같이 키우면 안 돼요?"

"무슨 말을 하는 거요?"

원근은 의아한 표정을 지으며 물었다.

"하루씩, 아니 아저씨가 집을 비울 때는 제가 얘를 키우고 돌아오시면 아저씨가 키우는 거예요."

"아가씨 집이 어딘데요?"

"저기, 위에 옥탑방이 비어 있을 거예요. 제가 이 집으로 이사 오면 되거든요."

"나는 백수라서 일 같은 것은 안 나가거든요."

순간 여자의 낯빛이 까맣게 변했다.

"이 집 주인이 이 개의 주인이 저라는 것을 다 안다고요!"

다급해진 여자가 비명처럼 외쳤다.

"다른 말 하지 맙시다. 댁이 이 개를 사랑한다면 개의 선택을 존중해야 하는 것 아니오?"

"그렇긴 하지만."

여자는 지금이라도 당장 눈물을 쏟을 것 같은 표정으로 원근을 바라보았다.

"댁은 직업이 뭐요?"

"학원에서 음악을 가르쳐요."

"그럼 낮에 일하시겠네."

"주로 그렇죠. 하지만 저녁으로 시간을 바꿀 수도 있어요."

"좋소. 댁이 옥탑방에 이사를 오면 밤에는 댁이 뚜마를 키워도 좋소."

"정말요? 고맙습니다."

여자는 엄청난 횡재를 했다는 표정을 지었다.

"나는 밤에 일을 나가요. 낮에 집에 있단 말이오."

"알았습니다. 지금 당장 옥탑방을 계약할게요."

여자는 휴대전화를 꺼내서 집주인에게 전화를 걸었다.

"저 얼마 전까지 지하 방에서 살던 정지연인데요. 네. 저기 지금 옥탑방 아직 비어 있죠? 그 방 제가 쓰고 싶어서요. 네. 지금 당장 계약할게요."

그렇게 결말이 나자 여자는 아주 안온한 표정이 되어 다시 개를 끌어안고 울었다. 도대체 이 세상에는 외로운 영혼이 이렇게 많단 말인가! 개 한 마리에 제 혼을 달래려고 갈구해야 할 만큼 이 세상은 외로운 곳이란 말인가?

원근은 그런 생각을 하면서 여자를 바라보았다.

"얘, 이름을 뚜마라고 붙이신 거예요?"

"그렇소."

"앞으로는 마루라고 불러주세요. 원래 이름이거든요."

"싫소. 나는 뚜마라고 부를 거요."

그렇게 말하고 그는 뚜마를 바라보고 그 이름을 불렀다.

"뚜마야."

그가 부르자 뚜마는 꼬리를 살랑살랑 흔들었으나 그에게 가지는 않았다.

"그러면 개가 혼란스럽지 않을까요?"

여자가 불만 섞인 소리로 말했다.

"여태껏 뚜마로 잘 살아왔는데, 뭐."

개는 자기를 놓고 두 사람 사이에 무슨 협상이 벌어지고 있다는 것을 알기나 한다는 듯이 두 귀를 쫑긋 세우고 두 사람을 번갈아 바라보았다.

"제가 지난 6개월 동안 오케스트라 연습 때문에 집을 자주 비웠어요. 어떤 때는 마루에게 밥만 주고 사흘씩이나 집을 비운 적도 있었고요. 그래서 얘가 선생님을 선택했나 봐요."

"악기를 연주하시나 봅니다."

"예, 바이올린을 좀 해요."

"이사 오시면 종종 들려주시겠어요?"

원근은 비로소 빙긋 웃으며 말했다.

"그럼요. 들려드리고 말고요. 옥상에서 바이올린을 켜면 환상적으로 들릴 거예요."

여자는 아주 천진난만하게 웃으며 말했다.

일주일 후, 여자는 옥탑방으로 이사를 왔다. 그래서 이원근과 뚜마, 정지연과 마루의 이상한 혼거(混居)가 시작되었다.

꧄꧄ ꧄꧄

뚜마는 낮에는 원근과 살고 밤에는 지연과 사는 생활에 잘도 적응했고 두 주인의 사랑을 느긋하게 즐기는 행복을 만끽하고 있었다.

원근은 새벽 4시에 일을 마치고 돌아오면 이제는 개를 산책시키는 대신 곧바로 잠이 들 수 있어서 한결 편안해졌다. 지연은 아침 8시에 개를 원근의 방에 데려다 주고 출근을 했고, 오후 6시 반에 퇴근하면서 개를 데리고 올라갔다. 원근은 6시 반에 개를 인수인계시키고 출근을 하면서 자신들이 아주 현명한 시스템을 개발했다고 생각했다.

그러면서 그는 도심의 상가나 사무실 따위들이 아주 비효율적으로 움직이고 있다는 것을 깨달았다. 한낮에는 문을 걸어 잠그고 있다가 밤이면 불야성을 이루는 술집 같은 유흥가의 점포들……. 그곳에는 한낮에는 미어터질듯이 사람들로 넘쳐나다가 밤이면 사람의 그림자도 볼 수 없었다.

'비싼 땅에 비싼 임대료를 내면서 24시간 풀타임으로 영업을 해야 할 것 아닌가!'

효율과 경제적 효과를 그렇게 따지는 사람들이 그런 면에서는 바보 같다는 생각이 들었다. 낮에는 점심을 팔고 밤에는 술을 파는 생맥주집 같은 곳은 그런대로 성공한 케이스다.

원근은 개 한 마리의 사연을 두고 너무 지나친 비약을 하고 있구나, 싶어서 생각을 접었다.

정지연은 묘한 매력이 있는 여자였다. 그녀는 다소곳하고 예의바르며 친절했지만 다소 어눌하면서도 도도했고 때로 영롱한 빛이 서릴 만큼 자유분방하고 도발적인 데도 있었다. 나중에 알게 된 사실이지만 그녀는 한 번 결혼에 실패하고 혼자 살고 있었다. 그녀의 고향은 서울이었고 음악을 전공했으며 학교 선배가 운영하는 학원에서 음악을 가르치고 있었다.

그녀는 아침에 출근하면서 개를 데려다 줄 때 이따금 김밥이나 도시락을 싸서 탁자 위에 놓고 가곤 했다. 원근은 이상한 혼거가 시작된 후로 아예 문을 잠그지 않고 살기 시작했다.

"재료가 있어서 만들어 보았어요."

그녀가 가져다주는 음식은 정성이 담겨 있었고 맛도 있었다.

때로는 그가 없을 때 초밥이나 피자 같은 것을 사다놓고 쪽지를 적어놓고 가기도 했다.

"제 것 사다가 더 샀어요. 맛있게 드세요."

"이 김치 얻어온 건데 나누어 먹어요."

가져다주는 음식을 그만 가져오라고 할 수도 없는 일이었고 그렇다고 그냥 얻어먹기만 할 수 없어서 그는 무엇으로 보답을 하나 하고 궁리하지 않을 수 없었다. 궁리 끝에 양품점에 가서 스카프를 한 장 샀다. 그는 자신의 눈썰미를 믿지 못해서 여종업원에게 지연의 나이며, 외모, 피부색을 일러주고 골라 달라고 부탁했다. 실로 모처럼 만에 여자에게 선물이란 것을 하게 된 것이다.

선물을 받은 지연은 뜻밖에도 감격스러워했다.

"색깔 감각이 뛰어나세요. 맘에 꼭 들어요."

원근은 자신이 고르지 않았다는 말을 할 수 없었다.

비번인 날, 원근은 시내에 나갔다가 소주를 한 병 사들고 들어왔다. 모처럼 술 생각이 간절했던 것이다. 자제하기로 작정은 했지만 막상 한 병을 다 비우고 나니 아무래도 성에 차지 않았다. 오랜 망설임 끝에 그는 술을 사려고 집을 나섰다. 그때 그는 마음의 현을 울리는 듯한 바이올린의 선율에 사로잡혔다. 베토벤의 바이올린 협주곡이었다. 그는 그 소리가 옥탑방에서 흘러나오고 있다는 것을 직감적으로 깨달았다. 한참을 우두커니 서서 그 음악을 듣다가 정말 음악을 들은 지 오래 되었구나, 하는 생각을 하며 슈퍼로 발걸음을 옮겼다. 술을 사가지고 오는 길에도 선율은 여전히 흐르고 있었다.

원근은 자신도 모르게 발걸음을 계단 위쪽으로 옮겨놓고 있었다. 바이올린의 현에서 울려나오는 진동이 그의 가슴과 교감을 하면서 자력을 가지고 그를 끌어당기고 있는 듯했다.

그는 옥상 위에 우뚝 서서 소리가 나는 곳을 바라보고 서 있었다. 그 집에 살면서 옥상에 올라가 보기는 처음이었다. 옥탑방 창가에는 바이올린을 켜는 그녀의 그림자가 노란 불빛에 어른거리며 물결치고 있었다.

연주는 높은 음악성과 고난도의 기교를 지닌 아주 수준 높은 연주였다. 원근은 그 선율에 자신을 실어서 고개를 주억거리고 어깨를 흔들었다.

옥상 위에는 여름철에 삼겹살이라도 구워먹기 좋을 만한 평상이 놓여 있었다. 원근은 평상 위에 엉덩이를 붙이고 앉아서 소주병을 땄다. 그는 병 째 나발을 불면서 안주로 사온 과자를 아삭거리며 바이올린 소리를 들었다.

이집 저집 유리창으로 흘러나오는 불빛과 골목을 비추는 외등의 불빛 위로 바이올린의 선율이 흘러넘쳐 꼭 다른 세상에 와 있는 것 같았다. 문득 하늘을 올려다 보니 서울 하늘과는 달리 초롱초롱한 별빛들이 머리 위로 쏟아져 내리고 있었다. 별빛 아래서 듣는 바이올린 소리는 운치가 있었다.

그는 약간의 한기를 느꼈으나 은은한 바이올린 선율과 창가의 그림자와 별빛의 향취와 술기운에 젖어 자신도 모르게 기분이 고조되었고 허밍을 하며 즐거워하고 있었다.

잠시 후 음악이 멈추고, 여자가 문을 열고 밖으로 나왔다.

"누구세요?"

여자가 다소 겁먹은 목소리로 물었다.

"지하실 서생입니다."

그때 뚜마가 달려와서 그에게 안겼다.

"어머, 아저씨. 연주를 하는데 마루가 갑자기 귀를 쫑긋거리고 끙끙거리는 거예요."

"바이올린 좋더군요."

원근은 뚜마를 안고 일어서며 말했다.

"어머, 고맙습니다. 그런데 술 마시고 계신 거예요? 춥지 않으세요?"

"음악이 있고 술이 있는데 추위 따위야 무슨."

그는 병나발로 소주를 마신 사람답게 호기롭게 말했다.

"들어오세요. 감기 걸려요."

"나는 여기가 좋아요. 별도 있고."

그는 고개를 들어 하늘을 올려다보았다.

"정말 오늘 밤은 별이 총총 하네요."

"신청곡 받아주나요?"

"무슨 곡을?"

"치고이너바이젠!"

"그럴게요. 어쨌든 들어오세요."

"그럼, 이건 마시던 거니까 들고 들어갑니다."

원근은 뚜마를 그녀에게 넘겨주고 자신은 소주병과 과자 봉지를 든 채 그녀를 따라갔다.

"혼자 사는 숙녀의 방에 늙수그레한 취객이 들어가도 되는 건가 모르겠네."

"잠깐만 계시다 가셔야 해요."

그녀가 정색을 하고 그를 바라보며 말했다.

"그래야지요."

방 안으로 들어간 원근은 색다른 방 안 풍경에 어리둥절해졌다. 그곳에는 크고 작은 각종 모양의 인형들이 가득 널려 있었다. 배가 볼록한 러시아의 민속인형, 새까만 아프리카 인형, 빨간 모자를 쓴 영국 병정인형, 한복을 입고 장구를 치는 인형, 하얀 날개가 달린 천사인형, 흰 발레복을 입은 인형, 깎아놓은 흑단인형, 드레스 입은 눈이 동그란 소녀 인형, 비단 헝겊을 모아 낭자를 튼 예쁜 각시인형 등 레이스가 고운 옷을 입은 인형에서부터 분홍색 피부가 드러난 발가벗은 바비인형까지 수백 개나 되는 각양각색의 인형이 방안을 가득 메우고 있었다. 봉제인형도 있었고 밀랍인형도 있었고 지점토 인형, 목각 인형, 그야말로 다양한 인형이 있었다. 벽장 안에는 예쁜 소녀들로만 이루어진 여러 나라의 인형이 세트처럼 진열되어 있었다.

"아니, 인형 모으는 취미가 있군요."

"제 청중들이에요."

"저런, 쯧쯧. 아직도 유아기를 못 벗어난 청춘이군. 나이가 몇인데."

"어려서부터 버릇이에요. 애들이 없으면 허전해요."

"그러면 인형들에게 그 명연주를 들려주는 건가?"

"그런 셈이죠."

그러면서 여자는 안줏거리로 김치와 소고기 장조림을 내놓았다.

"술을 좋아하시나 봐요."

그렇게 말하며 여자는 찬장에서 잔을 꺼내왔다. 그런데 잔이 두 개였다.

"저도 술 생각이 났는데 잘 됐네요. 같이 한 잔할 술벗이 생겨서."

그러면서 여자는 냉장고에서 소주를 한 병 꺼내왔다.

"저, 연주 안 하고 술 마실래요. 그래도 되죠?"

"바이올린 좀 봅시다."

원근은 대답 대신 그렇게 말했다. 그녀가 바이올린을 건네주자 그는 바이올린을 매만지며 말했다.

"나는 바이올린에 칠해진 니스의 거칠면서도 반질거리는 반짝임을 무척 좋아해요."

"그건 왜요?"

"단아하고 아름다운 여자의 몸매 같으니까."

"아저씨가 왠지 달리 보여요. 혹시 전공이 뭐였어요?"

"국문학. 왜요?"

"음악에도 조예가 깊으신 것 같아요."

"내 딸이 바이올린 연주를 잘해요. 이따금 그 애의 연주를 듣는 것이 즐거운 낙이었는데……. 조금 전에 켠 곡이 베토벤의 바이올린 협주곡 D단조, 작품 61이죠?"

"예."

"헨릭 셰링이 연주한 곡이 명반인데 혹시 들어보았나요?"

"예, 저도 그 사람 음반을 좋아해요. 폴란드 태생의 멕시코 사람이죠."

"예."

"그런데 클래식 마니아인가 봐요?"

"그건 아니고 내 딸이 연주하는 것을 매일 듣다보니 귀가 조금 열린 것뿐이오."

"저는 아무리 들어도 귀가 열리지 않았어요. 어머니가 하도 성화를 부려서 지금까지 오기는 했지만. 따님이 바이올린 전공인가요?"

"그건 아니오."

원근은 바이올린을 잘 켜는 딸 승희를 잠시 생각했다. 승희는 바이올린을 특별히 배우지는 않았지만 아마추어로서는 탁월한 기량을 뽐내는 아이다.

"아저씨는 세상을 초탈하신 분 같아요. 휴대전화도 없으시죠?"

"없는 게 뭐 휴대전화뿐인가."

"그렇지요. 요즘 세상에 집에 냉장고도 없고, TV도 없고…….. 가족도 없으시죠?"

"……."

"아저씨는 비밀이 많은 사람 같아요."

"내가요? 아닌데."

그렇게 반문하면서 그는 자신이 언제부터 이 여자와 그런 얘기를 할 정도로 가까웠단 말인가, 하는 심경의 변화가 일어났다.

"신청곡 받은 것 어떻게 되는 거요?"

그는 말머리를 돌렸다.

"정체를 알 수 없는 분에게는 제 연주를 들려드릴 수 없어요."

"정체를 알 수 없다니?"

"밤에 일을 나가신다고 하셨지만 저는 아저씨가 무슨 일을 하는지 모르거든요."

"냄새로 알 수 있을 텐데."

"모르겠어요."

여자는 두 손바닥을 번쩍 펼쳐 보이며 고개를 좌우로 흔들었다.

"내 몸에서 음식물 썩은 냄새 안 나요?"

"아니요. 비누냄새만 나는걸요."

"강신재의 소설 《젊은 느티나무》에 나오는 주인공의 오빠처럼?"

"맞아요."

그렇게 묻고 답하며 두 사람은 대화가 통한다는 것에 즐거운 마음이 되어 웃었다. 원근은 사람들에게 냄새로 직업을 들키지 않고 있다는 사실에 웃음이 났다. 사실 그가 직접 음식물 찌꺼기를 만지는 것도 아니었고, 항상 퇴근을 하면서 샤워를 하고 옷을 갈아입고 다니기 때문에 냄새가 날 리 없었는데도 말이다.

"나는 청소부요. 그러니까 부산이란 도시에서 사람들이 먹다가 버린 음식물 찌꺼기를 수거하는 일을 하고 있어요."

"그 전에는 뭐하셨어요?"

여자가 기습하듯이 물었다. 그는 둘러댈 이유도 없었기에 그냥 나오는 대로 말했다.

"학교 선생도 하고 회사도 다녔고……. 그래요."

"어머, 뭐 가르치셨어요?"

"국어."

"저, 고등학교 때 국어선생님 무척 좋아했는데. 잘생기셔서 따르는 여학생들 많았겠다."

소주병이 비자 여자는 소주 한 병을 더 꺼내왔다.

"정 선생 주당인가 보네. 술을 비축해놓고 마시는 것을 보니."

"잠 안 올 때는 수면제보다 좋던데요."

"벌써, 그 나이에 잠이 안 와요?"

"예."

"그럴 때 음악을 들으면 저절로 잠이 오지 않나?"

"선생님은 심하게 아파본 적 있으세요?"

여자는 그를 아저씨라는 호칭 대신 선생님이라고 부르기 시작했다.

"아직은 별로……."

"그 나이에 아직 아파본 적이 없다면 행복하신 거죠. 저는 이따금 많이 아파요. 많이 아파서 잠이 잘 안 와요. 스물아홉에 심한 관절염을 앓았어요. 그래서 연주를 하기 전에 따뜻한 밀랍이 들어 있는 장갑을 끼고 굳은 손을 풀어주어야 했어요. 결국에는 통증을 참기 힘들 정도가 되어 연주를 그만두고 결혼을 했어요. 그런데 결혼은 더 큰 아픔을 주더군요. 그래서 이혼하고 아이들 가르치는 일을 시작했어요."

"그럼 지금 관절염은 다 나은 건가요?"

"아니요. 이 병은 평생 지고갈 만성병이래요. 선생님은 통증이 어떤 것인지 모를 거예요. 통증처럼 탐욕스럽고, 야비하고, 비열하고, 잔인한 것은 없어요. 그놈은 몸을 망가뜨리고 사람을 비참하게 만들지요. 더욱 미치는 것은 겉으로는 멀쩡한데 속으로 곪는 거예요. 남들은 꾀병을 부린다고 이상한 눈으로 쳐다보거든요. 저는 바이올린을 연주하고 싶었어요. 바이올린은 제게 우주의 선율이었고, 제 영혼을 부르는 음악이었어요. 그런데 모든 게 끝났어요."

"반드시 연주자가 되어야 할 필요는 없지 않나요? 스스로 만족하며 아까처럼 연주해도 좋을 것 같은데……. 그런데 신청곡은 아직 못 들은 것 같은데."

"선생님은 무대의 마력에 대해서 모르셔서 그런 말씀을 하시는 거예요. 청중과 함께 호흡하는 연주가 우주의 공명을 불러오거든요."

그 말을 하면서 지연은 자리에서 일어나 바이올린을 들었다. 그녀는 겉옷을 벗고 바이올린을 턱과 목 사이에 끼운 뒤 바이올린을 켜기 시작했다. 긴 목과 둥글고 우아한 어깻죽지 사이에 바이올린을 끼고 연주하는 그녀가 마치 무대에 선 바이올리니스트처럼 멋있어 보였다.

원근은 우주의 공명을 이야기하는 여자의 연주를 오직 한 사람의 청중이 되어 듣는다는 것에 기뻤다.

'나는 이 여자의 음악을 듣기 시작하면서부터 설명할 수 없는 어떤 애틋한 감정을 느끼고 있는 것은 아닌가?'

원근은 음악을 듣는 내내 그 생각에 매달렸다. 원근은 또 음악이 불러일으킬 수 없는 감정은 어떤 것이고, 음악이 가라앉힐 수 없는 열정은 어떤 것인가를 생각했다. 그는 여자의 움직임을 하나하나 음미하며 그녀의 연주를 듣고 있었다.

정지연의 치고이너바이젠은 그가 최근에 들은 장영주의 그것보다 낮은 음조로 열정적인 색조를 띠고 있었다. 활이 위로 끌려가듯 부드럽게 당겨지면서 두려움, 분노, 경탄, 불안, 패배, 금욕, 사랑, 질투 등을 연주하고 있었다. 지연은 마침표를 찍듯이 활을 허공에 꽂음으로서 열정의 불꽃을 피웠고 그것으로 연주의 마무리를 장식했다. 원근은 박수를 치면서 문득 바이올린과 관련된 시를 읊었다.

조용히 한탄하는 플루트, 꺼져가는 선율로
희망 없는 연인들의 고통을 속삭이고
류트는 떨리는 소리로 이들의 비가를 부르는구나
바이올린은 드높은 선율로
이들의 괴로움과 절망, 격분, 미친 듯한 분노,
고통의 깊이와 정열의 높이를 노래한다네

"누구의 시인가요?"

여자가 그의 옆에 와 앉으면서 물었다.

"존 드라이든이라는 시인의 〈성 세실리아의 날을 위한 노래〉요."

"선생님과 저는 통하는 게 많네요."

"무슨 뜻이오?"

"가족을 버리고 혼자 사는 것, 사람보다 개를 좋아하는 것, 음악과 시를 동시에 좋아하는 것, 그리고 술을 좋아하는 것……. 참 많네요. 그런 의미에서 건배해요."

"정지연 씨의 명연주를 위하여."

두 사람은 다시 건배를 했다. 그러고 보니 두 사람 사이에는 묘한 공통점이 있기는 했다. 그것은 술에 관한 한 거의 끝이 없다는 것이었다. 그녀의 냉장고에는 소주 3병과 캔 맥주 5통이 장착되어 있었다.

뚜마는 인형들 사이에 누워서 그들이 술을 마시는 것을 보다가 지쳤는지 잠이 들었다. 원근은 냉장고의 술을 다 비우고서야 아래층으로 내려왔다.

※※

며칠 후, 저녁에 지연이 물었다.

"선생님, 쉬는 날이 언제예요?"

"보름에 한 번 비번이 있소."

"그럼 열흘 정도 남았네요. 그때 뭐 하세요?"

"주로 잠을 자지요."

"주무시지 말고 이번 노는 날에는 저에게 시간 좀 내주세요."

"무슨 일인데요?"

"자선 음악회가 있는데 같이 갈 사람이 있어야 하거든요."

"사람이 그렇게 없소. 나 같은 중늙은이를 데리고 갈 생각을 하다니."

"어머, 무슨 말씀이세요. 선생님처럼 멋진 분하고 가는 건데요."

"그렇게 봐주는 것은 고마운데. 내 왕자병이 도지면 남들이 못 봐 준다고."

"그래도 상관없어요. 같이 가실 거죠? 선생님이 좋아하시는 베토벤 바이올린 협주곡도 들어 있어요. 연주자가 저하고는 비교가 안 될 정도로 뛰어나요. 아직 이름은 없지만 탁월한 솜씨를 가진 재원이거든요."

"정 그렇다면 같이 가지, 뭐."

원근은 그렇게 승낙을 했다. 그날 저녁, 지연이 집 앞으로 빨간 승용차를 몰고 나타났다. 그 차는 아내가 몰고 다니는 차종과 색깔까지 같아서 원근은 묘한 기분으로 차를 바라보았다.

지연은 카키색 정장을 입고 그가 선물한 스카프를 목에 두르고 있었는데, 올리브 빛 스카프와 카키색 정장이 멋스럽게 조화를 이루었다.

"원래 차를 끌고 다녔소?"

그가 다소 퉁명스럽게 물었다.

"학원 언니 차예요. 음악회 장소가 멀고 교통이 불편해서 하루 빌렸어요. 타세요."

원근은 그날 실로 오랜만에 듣는 클래식 연주회여서인지 기분이 상당히 고즈넉해졌다.

"어땠어요?"

"음, 생각보다 감동적이었어요. 아마추어들의 연주회라고 해서 별 기대는 안 했는데 잘은 모르지만 지휘하시는 양반이 카리스마 있게 지휘를 하더군. 묘한 앙상블을 이끌어내는 멋진 지휘였어요."

"맞아요. 선생님의 날카로운 눈과 음악적 식견이 부러워요."

"무슨, 이제 정 선생 앞에서는 말을 아껴야겠어. 잘난 체하는 것 같아서."

음악회장을 나온 지연은 달맞이 고개 쪽으로 차를 몰았다.

"우리 저기서 식사하고 가요."

지연은 으리으리한 요릿집을 가리켰다.

"난, 저렇게 비싼 데서 식사를 할 처지가 아니오."

"어쩌다 한 번인데 어때요. 제가 쏘는 거예요."

"그런 부담 주기 싫어요. 밥은 집에 가서 각자 먹읍시다."

그러자 지연은 실쭉하고 울상이 되었다.

"우리 동네 가서 설렁탕 어때요? 소주까지 내가 쏘지."

"좋아요."

지연은 금방 기분전환이 되어 밝은 목소리로 대답했다.

두 사람은 동네 앞 설렁탕집에 마주 앉아 다시 소주잔을 기울였다.

"부산 음식이 입에 맞으세요?"

지연이 물었다.

"처음에는 좀 그랬는데, 이곳 음식에 내 입맛을 맞추었더니 이제는 먹을 만하네."

그때 지연이 눈빛을 빛내며 물었다.

"이런 말 물어도 되는지 모르겠는데 선생님은 왜 혼자 이러고 사세요?"

"사랑만으론 사랑할 수 없어서."

"그렇죠?"

지연은 뭔지 알겠다는 표정으로 연신 고개를 끄덕였다. 그리고 이렇게 중얼거렸다.

"저는 사랑하면 사랑에 눈이 멀어서 그냥 살 수 있을 것 같았어요."

두 사람은 왠지 침울한 기분이 되어 술을 간단히 하고 바로 식당을 나왔다.

"오늘 좋은 음악 듣게 해줘서 너무 고마웠어."

"종종 이런 자리 만들어도 되지요?"

"그럽시다."

지연은 개를 데리고 옥탑방으로 올라갔다.

❦❦

어느 날 낮 3시쯤 석영이 원근을 찾아왔다.

"이 녀석이 뚜마로구나."

석영이 뚜마를 보고 말했다.

"녀석, 아주 귀엽게 생겼는데."

"무슨 일이 있냐?"

원근은 석영의 얼굴빛이 약간 굳어져 있는 것을 보고 물었다.

"응, 승희 엄마한테서 또 전화가 왔다."

"그래서?"

원근은 긴장된 표정으로 석영을 바라보았다.

"네 소식을 묻기에 아무것도 모른다고 했지. 그런데……!"

"그런데?"

"한번 내려오겠다는구나."

"내려온다고?"

"응, 네가 쓴 일기를 보았데. 자기가 그동안 너를 오해하고 있었다며 목을 놓아 울더라. 하마터면 네가 여기 있다고 실토할 뻔했어."

그 말을 듣는 순간 원근은 목구멍으로 슬픔의 덩어리가 쑥 기어오르는 것을 느꼈다. '내 일기를 읽었구나' 하고 생각하며 그는 물었다.

"그 여자가 울었다고?"

원근은 일부러 무덤덤하게, 스스로에게 묻듯이 말했다.

"네가 승희에게 배를 타겠다는 말을 했다면서?"

"배를 탄다고?"

"그래, 배를 타려면 부산에 있는 나에게 오거나 연락이라도 했을 거라는 거야."

원근은 아무 대답도 하지 않고 눈을 감았다. 질근 감은 눈 사이로 눈물이 고였다.

"정말 내려온대?"

"그래."

"언제?"

"언제 내려온다는 말은 없었어. 답답해서 해본 말인지도 모르지."

석영은 확신이 서지 않는 목소리로 말했다.

"만약 내려오더라도 말하지 마라. 절대로."

"알았어. 하지만 이제 돌아가야 하는 것 아니냐?"

석영이 쏘는 듯한 눈으로 원근을 바라보았다.

"아니, 난 영원히 돌아가지 않을 거야. 난 지금 이대로가 좋아. 내 가족들을 위해서도 마찬가지이고. 내가 돌아가면 다들 다시 불행해져."

그때 노크소리가 나고 현관문이 열렸다.

"선생님, 먹을 것 좀 사왔어요."

지연이 안으로 들어서려다 말고 손님이 있는 것을 보고 깜짝 놀라 멈추었다.

"아, 지연 씨 오늘은 일찍 끝났나 보군요. 들어오세요. 내 친구입니다. 이 분은 뚜마의 원래 주인이셔."

원근은 두 사람을 서로에게 소개했다. 지연이 사온 것은 피자였다. 세 사람은 피자를 가운데 놓고 둘러앉았다. 이야기 끝에 석영이 시인이란 사실을 알게 된 지연은 눈빛을 반짝였다.

"그럼, 선생님이 시인 최석영 선생님?"

"예, 그렇습니다."

"저, 선생님 독자예요. 저는 선생님 시집을 세 권 다 읽었어요. 만나 봬서 영광입니다."

"아, 친구 덕에 독자를 만나 뵙는군요,"

"선생님, 영광이에요. 선생님을 이렇게 뵙게 되다니요."

그때부터 세 사람 사이에는 시와 음악을 넘나드는 이야기꽃이 피기 시작했다.

"선생님 시에 곡을 붙여 보고 싶은데 허락해주실 거죠?"

"그럼요. 그런데 제 시가 운율이 별로 없어서 힘들 텐데요."

"너무 큰 기대하지 마세요. 작곡 실력이 별로 없어요."

"아니요, 무척 기대가 되는군요."

이야기 끝에 석영은 지연에게 두 사람의 관계에 대해 넌지시 물었다. 그러자 지연은 자신의 개를 원근에게 빼앗긴 억울한 사연을 이야기했고 그러저러해서 이상한 혼거 가족이 되었다는 것을 석영에게 늘어놓았다.

"난 데 없는 불한당에게 애견을 빼앗겼다는 이야기군요."

"그래도 이렇게 이산가족은 면했으니 다행이죠."

세 사람은 원근이 출근해야 하는 저녁까지 이야기를 나누었다.

그날 원근은 석영의 차를 타고 출근을 했다.

"너, 지연이란 여자 좋아하는 것 아니냐?"

"무슨, 그런 소리 하지 마라. 나는 앞으로는 사람을 사귀지 않을 거다."

"야, 인마, 무슨 소리야, 벌써 사귐이 깊어서 정분이 난 것 같은데."

원근은 석영을 무서운 눈으로 노려보았다.

"나, 그러려고 집 나온 거 아니야. 그 여자는 그저 우연히 내 옆에 사는 거주민일 뿐이야."

"알았다, 알았어,"

석영은 원근의 날 선 기세에 눌려 선선히 백기를 들었다.

"서울서 연락 오면 처신 잘해라. 난 집에 들어가느니 죽어버리고 말거야."

"그 말 공갈이냐, 협박이냐?"

석영은 특유의 허사 어법으로 그렇게 물었다.

"진심이다."

석영은 차에서 내리며 그렇게 말하는 원근의 얼굴을 물끄러미 바라보았다. 원근이 작업장으로 들어가는 것을 바라보다가 석영은 차를 몰고 가버렸다.

석영이 다녀간 후 원근의 마음은 편치 않았다. 스스로의 행동에 깃털만큼의 후회도 하지 않았지만, 마음 한편으로는 공연히 아내와 아이들에게 몹쓸 짓을 하는 옹졸하고 못난 아비가 되어 있다는 찜찜한 기분을 떨칠 수 없었다.

다음 날은 비가 왔다. 잠에서 깨어 눈을 뜨니 정오가 훨씬 지나 있었다. 몸이 찌뿌듯하고 몸살 기운이 있는 것이 영 기운이 없었다. 그러고 보니 기억은 안 나지만 꿈자리도 뒤숭숭했던 것 같다.

그는 자리에서 일어나 창밖을 내다보았다. 마치 구석기 시대의 동굴 속에 사는 것처럼 밖이 반만 보이는 반지하의 유리창……. 거센 비라도 내리면 땅바닥에 고인 흙탕물이 튀어서 창에 달라붙고 밤은 이내 어두워지고 만다.

'나는 내가 거미줄에 걸려든 먹이처럼 느껴졌다. 몸부림을 칠수록 조여 들어오는 거미줄에 걸린…….'

겨우 도망쳐 온 곳이 코딱지만 한 지하 단칸방이란 말인가. 그는 더 많은 것을 버려야 한다고 생각하고 있었지만 버릴 수 없는 것, 버려서는 안 되는 것이 있다는 생각이 들었다. 그런 생각을 하자 우울해지기 시작했다.

'만약 아내가 이곳을 찾아오면 나는 어떻게 할 것인가? 석영도 모르게 다른 곳으로 숨어버릴까? 하지만 그렇게까지 줄행랑을 쳐야 할 이유가 무엇인가? 나는 내 삶에 예정되어 있지 않는 운명을 거스르면서 새로운 연극을 시작한 것은 아닐까?

그는 공연히 심사가 뒤집히는 기분이 되었다. 시장기를 느꼈지만 무엇보다 밥을 하는 것이 귀찮다는 생각이 들었다. 그런데 집 안에는 끼니를 때울 라면 한 개도 없었다.

그는 트레이닝복 차림에 우산을 받쳐 들고 집을 나와 슈퍼로 향했다. 그리고 라면과 몇 가지 식품을 사면서 자기도 모르게 소주병을 집어 들었다. 그러면서 스스로에게 다시 주태백이의 길을 가자는 것인가, 하고 묻지 않을 수 없었다.

그는 속으로 씁쓸한 미소를 지으며 계산을 치르고 밖으로 나왔다. 집으로 돌아온 그는 김치와 두부를 썰어 넣고 푸짐하게 라면을 끓였다. 그러고 나서 라디오를 틀어놓고 음악을 들으며 대낮의 소주를 즐기기 시작했다. 음악을 듣는 습성은 지연의 연주를 들은 이후 생긴 것이었다.

그는 한 병만 마시려다 나머지 술병마저 따고 말았다.

"선생님 혼자서 술 드시는 거예요?"

그날도 지연은 일찍 퇴근을 하면서 원근의 집에 들렀다. 오후 3시 반이었다.

"일찍 퇴근했네? 혹시 잘린 것 아닌가?"

그가 농담조로 물었다.

"시험기간이라서 오후에는 수업이 없어요. 오늘처럼 우울한 날은 술이 제격이죠. 그런데 오늘은 출근 안 하세요?"

"해야지."

"벌써 두 병이나 드셨는데요?"

"그래도 해야지."

"일 나가시려면 적당히 드셨어야죠. 목소리도 잠기신 게 감기 기운 있는 건 아닌가요? 오늘 일 못 나가세요."

"그래도 나가야지."

"안 돼요. 못 나간다고 회사에 전화하세요."

지연이 자신의 휴대전화를 내밀었다. 그는 받지 않았다.

"제가 걸어드릴게요. 오늘은 출근하지 마시고 저랑 한 잔 해요. 저도 좀 꿀꿀하거든요."

그 말을 들은 원근은 마음이 동해서 그녀를 바라보며 씩 웃었다.

그는 그녀가 건네주는 휴대전화를 받아들고 작업 파트너인 박 씨에게 전화를 했다.

"박 형, 나 오늘 심사가 꿀꿀해서 낮술 한 잔 했다. 어떻게 하니? 나, 일 못 나가겠는데."

"뭐라고? 아니, 당신이 술을 다했어? 그러고 보니 혀가 꼬부라진 것 같네."

박 씨는 별일이라는 듯, 신기하다는 듯 전화를 받았다.

"응, 모처럼 마셨더니 빙빙 도네. 어쩌지?"

"알았어. 누구 하나 붙잡고 메워줄게. 나중에 시간 때워야 해."

사람 좋은 박 씨는 불평하지 않고 그렇게 답했다.

"박 형, 고마워."

전화를 끊은 그는 천진한 아이처럼 씩 웃었다.

"선생님 그런 표정 너무 귀여우세요."

지연이 깔깔거리며 웃었다.

"내가 무슨 아이요? 놀리지 말고 술이나 듭시다."

"술이 있어야 술을 들지요. 선생님 잠깐 기다리세요. 제가 술하고 안줏거리를 좀 사올게요."

지연은 잽싸게 밖으로 나갔다. 원근은 그녀가 돌아오는 동안 뚜마를 가슴에 안고 머리를 쓰다듬으며 지연이 참 묘한 매력을 가진 여자란 생각을 했다. 그녀는 이내 돌아와서 안줏거리를 만들고 그와 함께 대작을 하기 시작했다.

뚜마는 두 사람 주위를 기웃거리며 돌아다니던 것을 멈추고 제자리에 가서 배를 깔고 엎드려 멀뚱하니 그들을 쳐다보았다.

"선생님 살림살이가 너무 없어요. 날도 추운데 담요만 덮고 주무시는 것 같은데 감기가 안 걸리겠어요? 남는 이불이 하나 있는데 갖다 드릴게요."

그 말을 들은 원근은 지연의 얼굴을 빤히 바라보았다.

"내가 전에 말했을 텐데. 내 인생에 끼어들 생각하지 말라고. 난, 나에게 이래라 저래라 명령을 하거나 구속하려는 사람을 제일 싫어한다고."

"저는 끼어드는 게 아니라 동시대를 살아가며 어쩔 수 없이 만난 이웃으로서, 또 같은 별의 거주자로서 조언을 해드리는 거예요."

"같은 별의 거주자. 좋았어."

원근은 지연의 그 말이 너무나 반가워서 큰소리로 외쳤다. 술기운 탓도 있었지만, 자신이 일전에 석영에게 거주자란 말을 했던 것이 기억나 지연의 그 말이 더 반가웠던 것이다.

"이 외로운 지구별의 우연한 여행자여! 우리 둘의 슬픔을 위해서 건배합시다."

"싫어요. 그렇지 않아도 슬픈데. 전 기쁨을 위해서 건배할래요."

"그러지 뭐. 그거나 저거나 다 같은 것 아닌가? 건배!"

두 사람은 잔을 부딪고 단숨에 술을 들이켰다. 그때부터 대화에 두서가 없어지고 그 대신 무척 자유로워졌다. 원근은 야릇한 취기를 느끼며 그녀와의 대화에 빠져들었다.

"이렇게 낮에 혼자서 술을 드시는 것을 보니까 선생님하고 헤어질 때가 가까워 오고 있는 것 같아요."

"무슨 말이오?"

"선생님이 객지생활을 끝내고 가족에게로 돌아갈 것 같은 냄새가 나서요. 일전에 최석영 선생님이 오신 것도 가족 소식 때문이잖아요."

"나는 돌아가지 않을 거야."

"선생님은 냉장고 하나 없이 이렇게 사는 게, 이게 사람답게 사는 것이라고 믿으시는 건가요?"

"……."

"선생님은 자신이 정상적인 사회적 역할을 하고 있다고 믿는 건가요?"

"정상적인 사회적 역할 같은 것은 없어."

"그러면 선생님은 청소부나 하시려고 대학교육까지 받으신 건가요?"

"정 선생은 아직 세상을 잘 몰라서 그런 소리를 하는 거요."

"그러면 선생님은 겨우 청소부나 하려고 집을 나오신 건가요?"

지연은 작심을 한 듯이 그를 몰아세우고 있었다.

"나는 배우 근성을 가진 사람들이 싫소. 나에게 무슨 역할을 하라고 강요하는 사람들이 나는……."

그는 문득 자신이 연극대사를 외우고 있는 것 같아서 말을 멈추었다.

"진짜 자신의 모습을 찾고 싶다고 말씀하시는 건가요?"

"그래."

"어떻게 사는 것이 진짜 나를 사는 것인가요?"

"그것을 지금 찾는 중이야."

"저도 아들이 하나 있어요."

지연이 대화의 주제를 바꾸었다.

"왜 이혼했소?"

"모르겠어요. 그 사람보다는 시댁이 싫었어요. 숨을 쉴 수가 없었어요. 바이올린은 생각도 못하고 밖에 나가는 것도 자유롭지 못했으니까요. 남편이란 사람은 마마보이라서 시어머니 치맛자락만 붙들고 있고요."

"아들이 보고 싶지 않소?"

"보고 싶지요. 시댁에서는 다시 합치기를 원해요. 하지만 다시 들어가는 것보다는 죽는 게 나아요. 어떻게 사는 것이 진짜 나를 사는 건가요?"

여자는 이번에는 다른 어감으로 물었다. 동어반복의 대화법을 절묘하게 구사하는 그녀 특유의 화법이었다.

"글쎄, 나도 그것을 찾는 중이라니까."

"김광규의 시에 이런 시가 있지요. 나는 아버지이고, 아들이고, 남편이고, 회사원이고, 예비군이고, 그렇게 많은 내가 있는데 나는 과연 어디에 있는가. 뭐, 그렇게 질문하는……."

"있지. 그래서 나는 요즘 이런 생각을 해. 우리는 개미와 같은 존재가 아닐까, 하는."

"개미라면?"

"예를 들어 한 마리의 일개미는 그 자체로서 '하나의 독립된 생명체'라고 말하기 어렵지. 한 마리의 일개미는 혼자서는 번식도, 생존도 불가능하거든. 일개미는 그 기능도 단위 생명체가 아니야. 개미는 전체 개미집단으로서만 하나의 단위 생명체야."

"그럼 사람도 개미 집단에 소속된 일개미처럼 전체 조직의 부속품이란 뜻인가요?"

"요즘에는 그런 생각이 많이 들어."

"그럼 나를 찾는다는 것은 무슨 의미가 있죠?"

"그래도 인간은 개미와는 다르다는 생각을 하고 있기는 한데……."

그가 말끝을 흐리자 그녀가 이렇게 말했다.

"맞아요, 선생님. 우리는 자신을 찾는다고 설치고 있지만 하나의 부품에 지나지 않는 것 같아요."

두 사람은 말없이 술잔을 기울였다.

"저, 그만 올라가 볼게요."

술이 동나자 그녀는 자리에서 일어났다. 그녀는 잠들어 있는 뚜마를 안고 옥탑방으로 올라갔다. 그런데 잠시 후, 문이 열리고 그녀가 다시 들어왔다. 문을 열고 들어온 그녀의 가슴에는 이불이 한 채 들려 있었다.

"제가 선생님 인생에 끼어든다고 걱정하지 마시고 몸 생각하세요. 외로운 거주자끼리는 나누어 쓰는 것이 행복이거든요."

"정 선생, 고맙소."

그날 밤, 원근은 담요쪼가리가 아닌 포근한 이불 속에서 따스한 꿈을 꾸며 잠을 잤다.

＊＊＊

석영에게 큰소리를 치기는 했지만 원근은
차츰 지연에게 기울어가는 자신의 마음을 느꼈다. 하루라도 그녀를
못 보는 날이 생기면 은근히 궁금해지고 불안해지기까지 했다. 그
불안은 아내가 아이들과 함께 쳐들어올지 모른다는 불안과 묘하게
겹치는 실루엣을 연출하는 것 같았다.

그는 자신이 단단하지 못한 물렁한 바닥 위에 서 있다는 것을 깨
달았다. 그것은 달아나면 달아날수록 무릎까지 빠지는 수렁과도
같았다.

지연은 그녀대로 변화가 있었다. 그녀는 원근에게 꼬박꼬박 선생
님이란 호칭을 쓰며 편안한 대화 상대로 생각하고 아주 스스럼없이
대하고 있었다. 그리고 원근이 어떤 말 못할 사연을 가지고 피신 중

이라는 상황을 감지한 것 같았다. 그녀는 그가 많은 위로가 필요한 사람일 것이라고 지레 짐작하는 것 같았다.

"선생님, 매주 일요일마다 어디에 가시는 거예요?"

그 질문에 원근은 사실을 그대로 말해주었다. 그러자 그녀가 말했다.

"선생님의 사고는 아주 자유롭고 편안해서 좋아요."

"어디가 자유롭고, 어디가 편하다는 것이오?"

"우리 마루 사건만 해도 자유롭고 편한 사고가 아니면 일어날 수 없는 일이죠."

그 말에 원근은 가슴이 뜨끔했다. 당시에는 못 느꼈지만 시간이 지나고 나서 생각해보니 자신이 억지논리로 일을 만들어버렸다는 생각이 들었다. 사실 따지고 보면 원래 주인이 나타났으니 개를 돌려주어야 하는 것이 도리였다.

"그리고 고등학교에서 교편까지 잡으셨던 분이 냄새나는 청소부 일을 마다 않고 있으니 그것도 여간 있는 일이 아니죠. 거기에다 그렇게 힘들게 번 돈을 절반이나 아무 인연도 없는 사람들을 위해 투척하고 있다니 더욱 놀랍지요."

그 말에 원근은 아무 대답도 못하고 그녀를 바라볼 뿐이었다.

"선생님 '되고송' 아세요?"

지연이 화제를 돌려 밝은 목소리로 물었다.

"그게 뭡니까?"

"CM송이에요. 장동건이 빈 욕조에 청바지차림에 맨발로 누워서 부르는 노랜데 모르세요?"

"……."

"결혼 말 나오면 웃으면 되고 / 잔주름 늘면 작게 웃으면 되고 / 꽃미남 후배 점점 늘어나면 / 연기로 승부하면 되고 / 스타라는 게 외로워질 때면 / 옛날 친구 얼굴 보면 되고/(만수야~잘 지냈냐?) 생각대로 하면 되고!"

지연이 아주 낭랑한 음성으로 노래를 부르자 원근은 한두 번 들어본 것 같기도 했다.

"아주 재미있군요. 그런데 정 선생은 내가 생각대로 행복해진다고 믿고 사는 사람 같다, 이 말인가요?"

"네, 그런 것 같아요. '생각대로 되는 세상'으로 된 카피가 더 있는데 들어보실래요?"

여자가 흥이 나서 말했다.

"그래요. 들어봅시다."

"어떤 노래를 듣고 싶으세요?"

"어떤 노래가 있는데요?"

"수업 중 잠 오면 잠자면 되고 / 성적 안 오르면 공부하면 되고, 이건 학교생활 버전이고요, 군대 버전은 이래요. 최전방 가면 건강 좋아져 좋고 / 군대생활 너무나 힘들 땐 여자 친구 사진 보면 되고."

"또 뭐가 있어요?"

"부장님 싫으면 피하면 되고 / 못 참으면 그만두면 되고 / 견디다

보면 또 월급날 되고……. 딴따라따따란다라 여보세요! 예 부장님,

아 빨대요? 요기 있습니다. 띵띠리리띠, 이건 직장인 되고송이에요."

그녀는 마치 철부지 꼬마처럼 재롱을 부리고 있었다.

"참 재미있네!"

원근도 절로 신이 났다.

"아이들과 같이 공부하다 보면 저절로 배우게 돼요."

"그렇겠네."

"선생님, 우리 학원에서 논술 가르쳐보지 않으실래요?"

"그게 무슨 소리요?"

"고등학교에서 국어 가르치셨다면서요."

"그거야 옛날이야기지. 난 요즘 교과서에 뭐가 나오는지도 몰라

요. 그리고 그런 일은 하기 싫어. 앞으로 정 선생이 내 사생활에 개

입하는 일이나 말을 하지 않았으면 좋겠소. 난 누가 내 삶에 들어와

서 이래라저래라 하는 것이 싫어."

"죄송합니다. 저는 그냥 저희 학원에 논술 선생님 자리가 비어서

선생님 생각을 했거든요."

"그런 일을 하려면 벌써 했을 거요."

원근은 거부의 몸짓을 하면서도 점차 지연이 가져다주는 생동감 넘치는 생의 활력에 빠져들고 있었다.

"정 선생은 맑고 밝은 면을 두루 갖추었으니 복 받은 사람 같군요. 대부분의 경우 맑은 사람은 밝지 못하고 밝은 사람은 맑기가 힘든 법인데."

"그건 제가 어린아이들을 가르치고 있어서 그런 것 같아요. 저는 아이들의 색채의 매력, 아니 마력에 빠져 있거든요."

여자는 꿈꾸듯이 말하고 있었다.

"색채의 마력이라, 잘 연상이 안 되는데! 가령 예를 들자면?"

문득 원근은 자신의 목소리가 잔뜩 기대에 부풀어 있다는 것을 깨달았다.

"인간은 시기별로 다른 색감을 가지고 살고 있대요. 신생아 때는 블루, 유아기 때는 오렌지, 그런 식으로요. 그런데 나이가 층층이 있는 아이들과 매일 접하다 보니까 온갖 색채가 다 들어 있는 무지개 속에서 사는 것 같아요. 선생님은 학교에서 아이들을 가르칠 때 그런 것 못 느끼셨어요?"

"그런 느낌이 아주 없었던 것은 아니지만 나야 입시경쟁에 쫓기는 고등학생을 가르쳤으니 정 선생처럼 무지개의 재잘거리는 음악 소리를 듣지 못했지. 고등학생들이 느끼는 색채는 무슨 색인가?"

"청소년기는 담청색으로 표현하고 있는데 그건 자아정체성과 역할 혼란을 상징하죠."

"그렇다니까. 난 그런 색깔밖에 느끼지 못했어. 지금 내 나이에는
무슨 색깔을 느끼며 살고 있는 거지?"

"성년기는 연녹색으로 표현되는데 긴 성년의 영역을 보여주죠."

"나는 성년기가 아니라 이미 노년기에 접어든 나인데, 뭐."

"에이, 그렇지 않아요. 선생님은 나이에 비해 젊어 보이는데요. 또
노년기라고 해서 나빠지는 것은 아니에요. 사람은 나이가 들수록 더
많이 보고 지시하는 힘이 생겨서 통합능력이 더욱 강해지거든요."

"그거야 제대로 사는 사람들 이야기지."

"선생님, 이번 일요일에도 요양원 가세요?"

"그럼."

"저랑 같이 가요. 제가 차 가지고 올게요."

"거기 가서 할 일이 없을 텐데."

"그래도 가보고 싶어요. 정 할 일이 없으면 선생님 청소하는 일
도우면 되지요."

"그럽시다."

그러나 그들은 그날 요양원에 가지 못했다.

때로 인생의 행불행은 순식간에 찾아온다. 그
것은 자신이 바라서가 아니라, 전혀 원치 않아도 예고 없이, 예외도
없이 찾아오는 경우가 많다.

　　사고가 나던 날, 원근은 여느 날처럼 저녁에 출근을 해서 평상시처
럼 작업을 했다. 바다 끝쪽에 있는 식당을 거쳐서 K호텔에서 음식물
쓰레기 수거를 마치고 차를 타고 사무실로 돌아갈 때였다. 그날은
안개가 짙게 깔려 있어서 차들이 모두 서행을 했다. 그런데 맞은편
에서 달려오던 차가 갑자기 중앙선을 넘어서 돌진해오는 것이었다.

　　순간 당황한 운전기사 윤 씨가 핸들을 꺾었고 차는 가드레일을 들
이받고 튀어나가 언덕 아래로 미끄러져 전복되었다. 차는 서행 중이
었지만 무거운 음식물 쓰레기의 무게 때문에 가드레일을 뚫고 튀어

나갔다. 새벽 3시가 가까운 시간이었다.

사고가 나는 순간 원근의 뇌리에 가장 먼저 떠오른 것은 딸과 아들의 모습이었다. 그는 이제 죽는구나, 하는 생각에 환하게 웃고 있는 아이들이 보였다. 그 순간 그는 자신이 좌석에서 튕겨나가 차창에 이마를 들이받았음을 의식했다. 그리고 머리와 가슴에 심한 통증을 느끼며 의식을 잃었다.

차에 탔던 세 사람은 충격으로 모두 정신을 잃었다. 그나마 다행인 것은 핸들을 쥐고 정신을 잃었던 운전사 윤 씨가 곧바로 의식을 회복한 것이었다. 그는 희끄무레한 어둠 속에서 주머니 속에 있던 휴대전화를 겨우 꺼내 119구조대를 부르고, 피를 흘리고 있는 두 동료를 바라보았다. 박 씨는 두개골이 깨져 온몸에 피가 흐르고 있었지만, 윤 씨는 어둠 때문에 그가 제대로 보이지 않았다.

"이봐! 살았으면 대답해봐."

그는 소리쳐서 두 사람을 불렀으나 고요했다. 신음소리가 들리는 듯했지만 윤 씨는 거기에 귀를 기울일 정신이 없었다. 그는 두 사람 모두 움직이는 기색이 없자 모두 죽었구나, 하고 생각했고, 그제서야 쥐어짜는 듯한 가슴 통증이 느껴졌다.

윤 씨는 찌그러진 차의 문짝을 겨우 열고 밖으로 기어 나왔다. 차는 논바닥에 뒤집혀져 있었고 그 주위에는 음식물 쓰레기통들이 여기저기 나뒹굴고 있었다. 윤 씨는 반대편 문쪽으로 가서 문짝을 열려고 했지만 문은 굳게 닫혀 열리지 않았다.

그때 멀리서 119 구급차의 사이렌 소리가 울려왔다. 윤 씨는 엉금엉금 기어서 길 위로 올라갔다. 길 위에 올라선 윤 씨는 자신의 얼굴에서 피가 흐르고 있다는 것을 깨달았다. 차창이 깨지면서 유리 조각이 얼굴에 박힌 것이었다.

길 위에서 보니 안개 때문에 논바닥에 떨어져 있는 차의 모습이 전혀 보이지 않았다. 중앙선을 넘어서 돌진해오던 승용차는 청소차 뒤를 따라 달리던 트럭과 부딪쳐서 완전히 찌그러져 있었다.

"저기요. 저기, 저 아래에서 사람이 죽어가고 있어요."

구급차가 도착하자 윤 씨는 아래쪽을 가리키며 소리를 질렀다. 그런데 현장에 도착한 구조대는 찌그러진 다른 차 속에서 축 늘어진 사람들을 꺼내기 시작했다.

"저기요! 저기, 저 아래에서 사람이 죽어가고 있단 말이오."

소리치는 그의 입에서는 피가 튀고 있었다. 그러자 다른 구조대원들이 신속하게 들것을 들고 내려가더니 뒤집혀진 차의 문을 따고 두 사람을 꺼냈다.

세 사람은 병원으로 긴급 후송돼 응급치료를 받았다. 윤 씨는 핸들에 가슴을 받힌 탓에 갈비뼈에 금이 가고 팔목 뼈에도 금이 가 있었다.

원근이 정신을 차리고 눈을 뜬 곳은 중환자실이었다. 어슴푸레 눈앞에 사물이 보이기 시작하자 그는 자신이 죽지 않았음을 알 수 있었다.

'그대로 죽었으면 좋으련만 아직도 더 살아가야 할 이유가 있단 말인가……'

흰 가운을 입은 사람들이 옷자락을 펄럭이며 바쁘게 돌아다니는 풍경을 바라보면서 그는 그렇게 생각했다.

그렇게 의식이 돌아왔지만 그는 손가락 하나도 움직일 수 없었다. 밝고 흰 방안에는 용도를 알 수 없는 기계들이 놓여 있었고, 모니터에는 초록색 선이 끊임없이 그어지는 중이었다. 그의 가슴에는 여러 줄의 선이 기계와 이어져 있었다. 기계에서는 야생동물의 눈과 같은 작은 불빛들이 깜빡이고 있었고, 심장은 작고 단조롭게 삑삑거리는 소리를 올리며 박동하고 있었다.

그는 고개를 들어 의사표시를 하고 싶었으나 꼼짝도 할 수 없었다.

'마취가 된 것일까……?'

그렇게 생각하고 있는데 찌르는 듯한 통증이 가슴에서 느껴졌다. 그 통증은 차츰 거센 격랑처럼 밀려와서 그의 온몸을 후벼 팠다. 몇 차례의 불규칙한 통증이 지진처럼 그를 흔들고 지나갔다. 그의 뇌리에는 '통증처럼 탐욕스럽고, 야비하고, 비열하고, 잔인한 것은 없어요'라는 지연의 말이 이명처럼 울려 퍼졌다.

'나는 지금 어디를 얼마큼 다친 것일까? 혹시 병신이라도 되는 것은 아닐까? 통증이라는 놈이 내 몸을 망가트리고 사람을 비참하게 만들려고 하는 것인가?

원근은 높다랗게 매달려 있는 링거병에서 노란 액체가 똑똑 떨어져 내려오는 것을 바라보면서 지연이 한 말을 곱씹고 있었다.

마침 간호원이 모니터를 살펴보려고 나타났다.

원근은 말을 하려고 입을 벌렸지만 말이 나오지 않았다. 그는 고개를 들고 일어나야 한다고 기를 썼지만 움직일 수조차 없었다.

"어머, 깨어나셨네요. 가만히 계세요. 아직 마취가 다 풀리지 않았을 거예요."

모니터를 살펴보던 간호원이 그가 눈을 뜨고 용을 쓰는 것을 보고 말했다.

"조금 기다리세요. 의사 선생님 모시고 올게요."

간호원은 그렇게 말한 후 자리를 떠났다. 한참 후에 나타난 사람은 의사가 아니라 작업반장이었다. 그는 원근이 깨어난 것을 보고 활짝 웃으며 다가와 말했다.

"이 사람 깨어났군. 천만다행이야."

"윤 씨랑 박 씨는 어떻게 되었나요?"

그새 마취가 풀렸는지 생각이 말이 되어서 입 밖으로 튀어나왔다.

"윤 씨는 가슴을 좀 다쳤지만 깨어나 있고 박 씨는 아직 의식이 없어."

"저는 얼마나 다친 것이죠?"

"자네는 세 사람 중에 제일 덜 다쳤어. 머리가 깨져서 걱정을 했는데 외상만 입은 것 같아. 머리를 열여섯 바늘이나 꿰매긴 했지만 지금 보니 정신은 말짱한 것 같아. 그리고 오른쪽 다리가 부러졌어."

"그런데 왜 이렇게 가슴이 아프죠?"

그때 의사 둘이 간호원 둘을 데리고 들어왔다.

"이 사람이 가슴이 많이 아프다는데요."

작업반장이 의사에게 말했다.

"사고 때 내장에 충격이 가해져서 그럽니다. 엑스레이 검사결과 큰 이상은 없으니까 걱정하지 마십시오. 하루 이틀 지나면 안정이 될 겁니다."

젊은 의사는 아주 밝은 표정으로 말했다.

"병신이 되거나 그렇지는 않겠지요?"

원근은 그것이 가장 걱정이었다.

"다리가 부러진 것 외에는 몸에 입은 타박상이나 찰과상이 생각보다 경미합니다. 곧 진정될 겁니다."

원근에게는 그 말이 딴 나라에서 하는 이야기처럼 아슴아슴하게 들렸다. 의사는 그 말을 남기고 병실을 나갔다.

"이봐, 이 씨. 신경 쓰지 마. 당신들 살아난 것만 해도 기적이니까."

작업반장이 사람 좋게 웃으며 말했다.

"그런데 박 씨는 얼마나 다쳤어요?"

"머리가 당신보다 많이 깨져서 출혈이 심했대. 갈비뼈도 부러지고."

작업반장의 목소리가 어두웠다.

"그런데 당신 가족에게 알려야 하잖아. 어떻게 된 사람이 가족한테 연락하려고 해도 연락처가 없어."

그 말을 듣는 순간 원근의 뇌리에는 다시 차창에 머리를 부딪치던 순간이 떠올랐고, 동시에 아이들의 모습이 선명하게 생각났다.

"반장님, 제 옷에 있는 수첩 보면 최석영이라고 있을 겁니다. 그 사람 좀 불러주세요."

얼마 후, 연락을 받은 석영이 달려왔다. 석영은 핏기 없는 얼굴로 원근을 들여다보았다.

"괜찮은가? 큰일 날 뻔했군."

"괜찮아. 뭘 이 정도를 가지고."

원근은 웃으려고 애썼지만 머리가 빠개지는 것처럼 쑤셔 와서 제대로 웃지도 못하고 잔뜩 찌푸린 얼굴을 보이고 말았다.

"자네, 우리 집에 연락하지 않았지?"

"아직, 지금 소식 듣고 지금 막 달려왔는걸."

"그래, 연락하지 마."

"무슨 말인가? 이 모양을 해가지고. 식구들도 알아야 해."

석영이 은근한 노기를 띠며 강한 어조로 말했다.

"안 돼!"

원근은 몹시 고통스러운 비명을 질렀다. 그 외침이 다시 머리에 통증을 불러일으켰다. 하지만 그는 계속해서 외쳤다.

"안 돼! 지금은 안 돼!"

"알려야 해. 지금 알리지 않으면 언제 알릴 건가? 알리지 않으면 내가 아주 몹쓸 놈이라고 욕을 먹어."

"상관없어. 이 모양을 보여주려고 집을 나온 것이 아니거든. 한 달 후면 일어날 수 있을 거래. 그때 내 발로 걸어서 집으로 들어갈 테니까 제발 알리지 마!"

"누가 한 달 후에 퇴원할 수 있다고 그래?"

그렇게 말해놓고 석영은 당황하는 표정이었다.

"의사가 그랬어. 한 달 후에 깁스 풀고 퇴원할 수 있다고."

"그래. 의사 선생 말이 그러면 그렇다고 믿자. 그런데 그 한 달 동안에 간병은 누가 할 건데? 이러고 뻗정다리로 깁스하고 화장실은 어떻게 가고. 나중에 가족들한테 들을 원망은 생각도 안 해?"

"마누라나 새끼 원망이 무서웠으면 여기까지 오지도 않았다. 제발 내 말 좀 들어주라."

그 순간 원근의 뇌리에는 지연의 모습이 떠올랐다.

'그녀는 지금 내가 이렇게 된 것도 모르고 있겠지.'

원근은 스스로 참으로 어이없는 생각의 장난이라고 여겼지만 그는 지금 이 순간 가족보다는 지연을 더 원하고 있는 자신을 깨달았다. 또 뚜마란 녀석도 보고 싶었다.

그때 지연의 모습이 망막 속으로 들어왔다. 환영이 보이는 것인가 싶어서 두 눈을 감았다, 다시 떴다. 분명 병실 안으로 들어선 것은 지연이었다.

"선생님, 괜찮으세요?"

그녀의 눈에는 눈물이 그렁그렁했다.

"아니, 어떻게 아시고?"

석영이 그녀를 바라보며 물었다.

"TV를 보는데 사고 소식이 나오잖아요. 그런데……."

지연은 말을 다 마치지도 못하고 원근의 손을 잡고 여전히 눈물이 그렁한 눈으로 그를 들여다보았다. 원근은 최대한 힘을 주어 그녀의 손을 잡았다.

"고마워요."

원근의 뺨에는 눈물이 흘러내리고 있었다. 그때 병실에는 머리에 붕대를 맨 사나이 하나가 불쑥 들어왔다. 운전기사 윤 씨였다.

"야, 이 씨 깼나? 니도 머리 처맸나?"

"어, 윤 형은 환자가 토깽이 새끼맨쿠로 팔짝팔짝 뛰어다니네."

원근은 문병을 온 윤 씨를 보고 반가워서 그렇게 말했다.

"아직 박 씨는 안 깨어났어요?"

걱정스러운 눈으로 원근이 물었다.

"응. 가망이 없는 것 같아. 두개골이 함몰된 데다 출혈이 너무 심해서. 뇌사 상태래."

윤 씨가 어두운 낯빛으로 말했다.

"박 씨 가족들은 알아요?"

"응. 이제 올 거야. 그래서 말인데 나 이 병원에 안 있고 딴 병원으로 옮기려고. 그래서 당신 보고 가려고 온 거야."

"그건 왜요?"

원근이 의아해서 물었다.

"운전사인 나만 멀쩡한 것 같아서 미안하잖아."

"그게 무슨 윤 형 잘못도 아닌데?"

"그렇긴 해도……. 박 씨 그 인간이 이렇게 될 줄 알고 그랬는지 장기기증을 하기로 해놓고 있었는데."

"장기기증이요?"

"응. 당신, 몸조리 잘해. 큰 이상 없다고 하니까 몸조리만 잘하면 정상으로 돌아올 거야. 퇴원하고 보자고."

윤 씨는 석영과 지연을 일별하더니 인사를 하고 병실을 나갔다.

"선생님 가족들에게는 연락했어요?"

윤 씨가 나간 후 지연이 물었다.

"이 친구가 알리지 맙랍니다."

원근 대신 석영이 대답했다.

"아무리 그래도 가족들에게는 알려야 해요."

"지연 씨, 공연한 짓 말아요."

그렇게 말하는 원근의 목소리에는 엄포가 잔뜩 들어가 있었다.

지연은 약간 놀란 표정으로 석영을 바라보았다.

"의사가 괜찮다고 하니까 본인의 의견을 따릅시다."

석영이 조용한 목소리로 지연에게 동의를 구했다.

"선생님은 얼마나 더 외로워지고 싶어서 이럴 때도 가족을 떠미시는 거예요? 아예 가족을 남으로 치부하시는 건가요?"

지연은 아주 나직한 음성으로 물었다.

"그건 지연 씨가 개입할 문제가 아니오. 나 좀 혼자 있게 내버려 두시오."

원근은 머리에 두른 붕대를 움켜쥐며 말했다.

"지연 씨, 우린 나가서 차나 한 잔 합시다."

석영이 지연에게 말했다. 원근은 두 사람이 병실을 나가는 것을 물끄러미 바라보다가 급히 소리쳤다.

"제발, 연락하지 마."

당신은
나의 아버지입니다

❧ ❧

하얀집에서 승희와 묘한 상봉을 하고 승희의 남자친구와 셋이서 통음을 하면서 자경은 자신이 여전히 남편을 사랑하고 있음을 깨달았다.

다음 날 그녀는 만사를 재껴두고 승희와 비행기를 타고 부산으로 떠났다. 그날은 원근이 교통사고를 당한 지 닷새째 되는 날이었다. 그런 사실을 알 리 없는 모녀는 자못 의기투합해서 가족 간의 사랑을 되찾기 위해 하늘을 날고 있었다.

비행기 안에서 모녀의 대화는 한층 살가웠다.

"너는 영건이란 친구를 결혼 상대자로 생각하고 있는 거니?"

자경은 딸에게 넌지시 물었다.

"아니야, 엄마."

승희가 펄쩍 뛰며 말했다.

"어제 보니까 너희들 사이가 보통이 아닌 것 같텐데?"

"무슨."

승희는 입술을 삐죽 내밀었다.

"그럼?"

자경은 그렇게 물으며 턱을 들고 딸을 넌지시 건너다보았다. 그리고 딸의 눈빛이 아주 담백한 것을 보았다.

"그 오빤, 친구일 뿐이야. 엄마 오해하지 마. 가끔 괴로울 때 그 오빠를 의지하긴 하지만 친구 이상은 아니야."

"알았다, 우리 딸."

자경은 딸을 끌어안고 뺨을 비볐다.

"그런데 엄마, 부산에도 아빠가 안 계시면 어떻게 하지?"

승희가 자못 걱정이 된다는 듯 물었다. 그러자 자경의 낯빛이 핼쑥해졌다. 그 표정을 보자 어머니는 아버지가 부산이 있다는 것을 확신하고 있다는 것을 알 수 있었다.

"엄만 네 아빠를 알아. 아니 남자들 속성을 알지. 남자들은 늙어서도 어린아이야. 응석을 떨려고 하고, 그래서 내가 안 찾아 간 거야. 네 아빠는 분명히 부산에 있어."

자경은 확신에 찬 목소리로 말했다.

"그럼 아빠는 부처님 손바닥에 있는 거네."

"아니면?"

자경은 뽐내는 기분이 되었다가도 아차, 하는 생각이 들었다. 이 순간 그녀의 작은 바람은 자신의 자만심이 딸의 예민한 성격을 건드리지 말았으면 하는 것이었다.

창밖에는 구름바다가 펼쳐지고 있어서 이 세상이 아닌 것 같은 신비로운 빛이 기내에 넘실거리고 있었다.

"엄마, 나 엄마한테 부탁하고 싶은 게 있어."

"뭔데?"

"만약에 아빠를 만나면 엄마가 좀 져줘요."

자경은 딸의 눈에서 아주 간절한 소망을 보았다.

"알았다."

자경은 딸의 손을 굳게 잡고 목에 힘을 주며 말했다. 그리고 남편을 만나면 무조건 그의 의견을 존중할 것이라고 결심했다. 그것은 자신뿐만 아니라 가족을 위한 길이었다.

김해공항에 내린 자경은 석영에게 전화를 걸었다.

"저, 지금 김해공항이거든요. 학교에 계신가요?"

석영에게로 가는 택시 안에서 자경은 내내 불안한 기분에 사로잡혀 있었다. 전화를 받은 석영의 목소리가 심하게 떨리고 있던 탓이었다.

"지금 김해공항이라고요? 어떻게 이렇게 갑자기……."

석영의 목소리에는 그가 남편에 대한 소식을 알고 있는 것은 물론, 남편에게 좋지 않은 일이 일어난 듯한 불길한 예감까지를 담겨 있었다. 사업상 많은 사람들을 만나고 대화를 나누다보니 자연스레 발달된 직관력이자 여자 특유의 직감이었다.

"엄마, 갑자기 왜 그래? 선생님이 아빠 있는 곳을 모른데?"

"그건 물어보지도 않았다."

자경은 또 다시 짜증이 섞인 말투로 말했다. 딸에게는 미안했지만 어쩔 수 없이 그녀는 스스로를 통제할 능력을 잃어가는 자신을 느꼈다.

그런 그녀의 예감은 맞아 떨어졌다. 모녀가 석영이 근무하는 부산대학의 교수실을 찾아들어 갔을 때, 그녀들을 맞이한 석영은 당황한 표정이 역력했다.

"어떻게 이렇게 소식도 없이……."

"아무리 생각해봐도 승희 아빠가 갈 곳이 없어요. 석영 씨는 애들 아빠의 행방을 알고 있을 것 같아서요."

자경은 특유의 성격대로 인사 치레도 없이 단도직입적으로 말했다.

"앉으세요. 우선 차부터 드시죠."

석영은 두 사람을 맞이해서 어떻게 처신해야 할지 몰랐다. 마침 복도로 나갔던 조교가 커피를 가지고 들어온 탓에 세 사람은 탁자에 마주 앉았다. 자경은 석영을 찬찬히 바라보다가 느닷없이 물었다.

"알고 계시죠?"

두 말이 필요 없었다.

"예."

순간 두 사람 사이에 긴 침묵이 흘렀다. 기선을 제압한 자경은 눈을 내리깔고 탁자만 들여다보고 있었다. 승희는 어머니를 바라보며 이것이 남자들을 압도하는 그녀의 재능이자 사업수완이구나, 하고 내심 탄복하고 있었다.

"그 친구 부산에 있는 것은 맞습니다."

한참 만에 백기를 든 석영이 입을 열었다.

"지금 어디 있어요?"

자경의 말투가 한결 누그러져 있었다.

"그 친구 청소부 일을 하고 있었습니다. 처음에는 저도 까맣게 몰랐습니다. 그런데 우연히 길을 가다가 만났어요."

변명하는 듯한 석영의 말투에 수없는 슬픈 기운이 묻어 있었다.

"얼마나 되었나요?"

"두 달쯤. 그런데 며칠 전에 사고를 당했습니다. 그래서……."

석영은 마른침을 삼키며 자경을 바라보았다.

자경은 전화기 속에서 떨리던 석영의 음성에서 느껴지던 불길한 그림자가 다가오는 것을 느꼈다.

"무슨 사고요?"

"교통사곱니다."

순간 자경은 아연한 기분이 들었다. 승희는 승희대로 아득해졌다.

"많이 다쳤나요?"

자경이 가라앉은 목소리로 물었다.

"예, 조금."

석영은 주위에 아무도 없는 데 눈길을 딴 곳으로 돌리고 있었다. 허둥지둥하는 모습이 역력했다.

"어디를 얼마나요?"

자경이 다급하게 외쳐 물었다.

"아직 중환자실에 있기는 하지만 고비는 넘겼습니다."

"의식은 있나요?"

"그럼요, 머리가 깨져서 열여섯 바늘을 꿰맸고, 오른쪽 다리가 부러졌어요. 심장에 충격이 있어서 걱정을 했는데 심전도가 정상으로 나왔고 다른 데는 전혀 이상이 없습니다."

"머리를 얼마나 다치셨는데요?"

승희가 울음 섞인 목소리로 물었다.

석영은 두 사람을 진정시키고 그간의 사고경위를 설명했다. 가만히 듣고 있던 자경이 갑자기 자리에서 벌떡 일어났다.

"그런데, 어떻게 우리에게 연락을 안 하신 거죠? 사람이 그 지경이 되어 있는데 친구란 분이 어떻게……?"

자경은 감정이 격해져서 목이 메어 울부짖듯 외쳤다.

"흥분하지 마세요. 그건……, 어찌나 강경하게 알리지 말라고 협박을 하던지……."

석영은 지은 죄도 없이 죄인처럼 쩔쩔매고 있었다. 그는 좀 억울

하다는 기분도 들었다.

"어느 병원이에요?'"

"우리 학교 대학병원입니다. 갑시다. 제가 안내해 드릴게요."

석영은 벌떡 일어나 옷걸이에서 코트를 집어 들고 앞장을 섰다.

"머리를 열여섯 바늘이나 꿰맸다고요?"

병원을 향해 달리는 석영의 차 안에서 자경이 차분한 음성으로 되뇌듯 물었다,

"예."

"정신은 있는 건가요?"

"멀쩡합니다. 조금 예민해져 있는 것 말고는 정상입니다. 제 말을 믿어주세요."

석영은 모녀의 불안과 의심을 불식시키기 위해서 길가에 차를 세우고 아주 간절한 시선으로 말했다. 그러자 모녀는 그의 말을 믿기 시작했다. 자경은 중환자실에 누워 있으면서도 가족을 찾지 않는 남편에 대해 드는 생각이 많았다. 야속하고 미운 마음이 앞섰으나 남편이 왜 그런 선택을 하게 되었을까 생각하지 않을 수 없었다. 또 '내가 그렇게 표독스런 아내였던가' 하는 한탄이 눈앞을 가려 저절로 눈에 눈물이 고였다.

집을 나간 것까지는 이해할 수 있다고 마음을 정리하고 내려왔는데, 머리가 깨지고 다리가 부러지고 심장에도 이상이 있을 만큼 큰

사고를 당하고도 가족을 찾지 않을 만큼 무엇이 그렇게도 서로를 미워하게 만들었을까?

그녀는 애끓는 사랑이 애끓는 증오로도 변할 수 있다는 생각이 들었다. 거기까지 생각이 미치자 다시금 남편에 대한 분노가 끓어 올랐다.

"승희 아빠가 연락을 못하게 한 것은 어쩌면 부끄러움 때문이었을 겁니다."

차가 병원 정문에 들어서자 석영이 말했다. 자경은 그 말에는 대답하지 않았지만 그럴지도 모른다고 생각했다. 승희는 잠자코 그들의 말을 듣고 있었다. 자존심만 남은 남자가 선택할 카드는 그것밖에 없었으리라.

병실에 들어서던 자경은 자신의 눈을 믿을 수가 없었다. 머리에 붕대를 잔뜩 감고 다리에는 깁스를 한 남편의 모습이 무척 낯설었다. 아니, 그보다 남편이 더욱 낯설게 느껴진 것은 그를 간병하고 있는 젊은 여자의 존재 때문인지도 모를 일이었다. 젊은 여자는 남편의 턱 밑에 앉아서 초밥을 남편에게 먹여주고 있었고 그도 웃는 낯으로 받아먹고 있었다.

마치 자신과는 아주 무관한 한 쌍의 남녀가 병실에서 이루고 있는 풍경이었다. 딸 승희도 예상치 못한 장면에 놀란 빛이 역력했다. 그 광경을 본 석영도 아연하기는 마찬가지인 듯했다. 두 사람은 자기들의 유희에 빠진 듯 세 사람의 방문을 눈치채지 못하고 있었다.

"저 여자는 누구죠?"

자경이 석영을 보고 물었다.

"제, 제자인데 잠깐 간병을 맡아서 하고 있습니다. 사람이 없어서요."

석영은 뒷감당은 생각할 겨를도 없이 그렇게 둘러댔고, 등에서는 식은땀이 흐르기 시작했다. 그리고 헛기침을 하고 원근의 병상으로 성큼 다가섰다.

"이봐, 승희 어머니 오셨어."

원근은 그제야 고개를 돌려 석영과 아내를 바라보았다. 그런데 그의 반응이 아주 놀라웠다.

그의 얼굴에는 조금 전의 웃음기가 싹 가시고 노기가 차오르기 시작했다. 마치 '지킬박사와 하이드 씨'처럼 순간적인 변화였다.

"뭐야, 누가 네 멋대로 알리라고 했어."

남편은 아내와 딸은 쳐다보지도 않고 석영에게 고함을 내질렀고, 자경은 남편을 보며 생각했다.

'어떻게 저럴 수가 있을까? 저 지경에 이르고도 이렇게 찾아온 나를 외면할 정도로 사람이 변했단 말인가? 그리고 도대체 저 젊은 여자는 누구지?'

"나가! 나가란 말이야!"

원근은 마치 광기에 휩싸인 사람처럼 얼굴까지 붉그락푸르락하면서 난동을 부릴 태세였다.

"아빠, 왜 그래?"

승희가 아버지에게 달려들어 그의 손을 잡으며 외쳤다. 원근은 딸의 손을 뿌리치지는 않았지만, 대신 낮게 신음하듯 중얼거렸다.

"나는 네 아빠가 아니다. 나는 너희들을 버렸어. 너희도 나를 버리고 올라가라."

"야, 이원근. 너 무슨 짓을 하는 거야?"

석영이 참지 못하고 소리를 질렀다. 자경은 그 모습을 더는 보지 못하고 쓰러질 듯 비척거리며 발길을 돌렸다.

"사모님, 잠깐만요. 나가서 저랑 이야기 좀 해요."

지연이 자경의 팔을 붙잡고 병실 밖으로 이끌었다. 자경은 얼결에 그녀에게 이끌려 병실을 나섰다. 그녀는 폭거에 가까운 남편의 저항에 너무도 놀라 가슴을 떨고 있었다.

"사모님, 잘 오셨어요."

지연이 활짝 웃으면서 말했다.

"선생님이 저러시는 것 신경 쓰지 마세요. 몸이 아프니까 예민해서 저러시는 거예요."

"그러는 아가씨는 누구시죠?"

자경은 여자로서 느끼는 불안한 직감을 떨치지 못해 지연에게 물었다.

"저는 정지연이라고 합니다."

지연은 깍듯하게 고개를 숙여 자경에게 인사를 했다.

"사고가 난 후에 최석영 선생님이랑 댁에 연락을 하려고 했어요. 그런데 이 선생님이 워낙 강경하게 반대를 하셔서……. 선생님 상태는 양호하니까 너무 신경 쓰지 마세요."

"이름을 물어본 게 아니라는 걸 아실텐데요?"

자경이 다시 지연에게 물었다.

"예, 저는……."

지연은 볼이 발그레해지며 말을 더듬었다. 그때 석영이 병실 문을 열고 밖으로 튕기듯이 나왔다.

"지금 승희가 달래고 있으니까 진정이 될 겁니다."

"저 사람 지금 정신이 이상한 거지요?"

자경이 석영에게 물었다.

"정신이 이상한 것은 아니지만 망상 같은 것에 젖어 있는 것 같아요. 이따금 교통사고 때의 충격 때문인지 공포에 젖어 두려워하고 있거든요. 그래서 연락을 못 드리고 있던 겁니다. 지금은 안정이 필요할 때입니다."

그 말을 들은 자경이 한숨을 길게 내쉬며 물었다.

"그래도 이 아가씨와는 아주 화기애애하던데요?"

"그건 지연 씨가 아무 부담 없는 사람이니까요. 저 친구는 자기와 상관없는 사람들에게는 너무 선하고 정상적입니다."

"지금 애들 아빠 상태가 어떤지 객관적으로 알아야겠어요. 담당 의사를 만나보고 싶어요."

"그럽시다. 지연 씨는 여기에 있다가 승희가 나오면 좀 달래고 있어요. 내가 승희한테 지연 씨 얘기를 해놨으니까 대화가 될 거야."

"알았어요."

자경은 석영과 함께 의무실로 가서 담당 의사를 찾았다. 담당 의사는 30대 초반의 젊고 쾌활한 남자였다.

"제 남편의 병증을 알고 싶어서요."

자경이 의사에게 찾아온 용건을 말했다. 그러자 의사는 엑스레이 사진을 벽면에 붙이고 불빛에 비춰 보이며 설명을 했다.

"머리 부분은 외상일 뿐 뇌를 다치거나 한 것은 아니고요, 문제는 심장이었는데 차가 전복될 때 충격이 심해서 우심실에서 밀려나오는 혈액의 양이 늘어나 심박출량(心搏出量)이 문제가 되었지만 3일이 지난 후부터는 그 증세가 없어졌습니다. 다리는 골절상이니까 40일 정도 지나면 깁스를 풀고 자유롭게 활동할 수 있을 겁니다."

의사는 아주 명쾌하게 설명을 해주었다.

"뇌에는 정말 이상이 없는 건가요?"

"예, 뇌에는 아무 이상이 없습니다."

"그런데 성격이 아주 급하고 모질어진 것 같아서요. 마치 딴사람이 된 것 같아요."

"그건 참혹한 사고를 겪은 교통사고 환자들이 급격한 충격을 이겨내지 못하면서 보이는 일시적인 현상이니까 너무 걱정하지 마세요. 시간이 지나면 정상으로 돌아올 겁니다. 가족들이 환자를 따뜻하게 대하고 편안하게 대하면 바로 안정을 찾을 겁니다."

자경이 면담을 마치고 병실로 돌아오자 승희와 지연이 얘기를 하고 있었다.

"아빠랑 이야기 좀 했니?"

승희는 말없이 고개를 끄덕였다. 그러더니 승희는 고개를 들고 어머니를 바라보았다.

"우리 아빠 불쌍해서 어떻게 해?"

"왜? 또 무슨 일이야?"

자경은 가슴이 철렁해서 물었다.

"아빠는 죽어도 서울 안 간데. 여기서 청소부 하다가 죽을 거래."

"너한테는 화 안 내지?"

"응, 이젠 엄마한테도 화 안 낼 거야. 들어가봐요."

"아까처럼 또 화를 내면 어쩌지?"

"엄마, 내가 아빠한테 잘 말해놨으니까 엄마가 조금만 져줘요. 아빠도 엄마하고 대화를 하고 싶데."

승희가 어머니에게 간절한 바람을 담은 시선을 보내며 말했다.

"알았다."

자경은 그런 딸의 마음을 잘 이해하고 있었기에 그렇게 대답했다. 그녀는 마음을 다져먹고 병실로 들어갔다. 남편은 자리에 누워 있다가 자리에서 일어나 앉았다. 그는 아내에게 손을 내밀었다. 자경은 남편에게 손을 맡겼다.

"화를 내서 미안해."

자경은 남편의 두 눈과 붕대로 감싼 남편의 머리통을 번갈아 보았다. 두 눈은 그래도 생기 있게 반짝거리고 있었다. 남편은 아내의 눈길을 깊게 받아들이고 있었다.

"왜 우리는 이 모양으로 사는 거죠?"

자경은 자신도 모르게 또 역정이 치미는 것을 참지 못하고 말을 내뱉고 말았다. 본마음은 그런 것이 아닌데 그런 말이 튀어나온 것이다.

"내가 못나서 그런 거지."

남편의 대답은 의외로 순순히 흘러나왔다.

"그런데 저 젊은 여자는 누구죠?"

"석영이 제자요."

그 사이에 석영과 입을 맞춘 원근이 천연덕스럽게 대답했다.

"좋겠소. 집 나와서 젊은 처자랑 노닥거리고 사니까."

남편은 자경의 손을 놓고 벌쭉 웃었다. 자경은 그 웃음을 보고 더 이상 생각하고 어쩌고 하는 일이 성가시다는 생각이 들었다. 이 남자의 사랑이란 것은 어차피 철딱서니 없는 애들 놀이 같은 것이 아닌가! 이 마당에 이런저런 것을 따져서 무엇하랴! 저 여자가 설령 남편의 애인이라고 해도 뭐가 문제란 말인가!

"당신 정말 괜찮은 거예요?"

그렇게 마음을 고쳐먹자 목소리가 부드럽게 나왔다.

"사고 났을 땐 통증이 심해서 죽는 줄만 알았는데 이제는 견딜 만 해."

"밥은 제대로 먹어요?"

"응."

"하긴 젊은 여자가 주는 음식을 병아리처럼 잘도 받아 잡수더 구먼."

자경이 눈을 흘기며 말했다.

"그건 저 친구가 천진하고 부담 없어서 그런 거야."

"부담 없어서 퍽이나 좋겠수. 당신한테 부담만 주는 난 올라갈 거예요."

자경이 그 말을 하자 남편은 그녀의 얼굴을 바라보았다.

"다음 주에 내려올 테니까 병원 옮길 준비하세요. 의사하고 얘기 끝냈으니까."

"무슨 소리야?"

다시 남편의 얼굴에 노기가 서리기 시작했다.

"그럼 여기 그냥 이러고 있을 거예요?"

"분명히 말하지만 난 올라가지 않아."

"그럼 그건 당신 가족을 다 버린다는 뜻인가요?"

"……."

"안 올라가겠다면 이혼해요."

"……."

"왜 대답이 없어요?"

"당신은 꼭 그런 식으로 말하고 그런 식으로 살아야 하는 거요?"

남편이 항의하듯 반문했다.

"그럼 나더러 어떻게 하란 말이예요? 이쯤 만용을 부렸으면 못 이기는 척하고 따라와야 하는 것 아닌가요?"

자경이 한껏 성미를 죽여 가며 말했다.

"만용이라, 만용이라……."

고개를 숙이고 그 말을 되뇌던 남편이 고개를 들었다.

"당신이 이혼을 원하면 이혼해주겠소. 다시 서울로 올라가서 당신이 던져주는 용돈이나 얻어 쓰는 그런 생활을 하기 싫단 말이오."

자경은 그런 남편을 어리광을 떨고 있는 자식처럼 쳐다보았다. 그리고 차분하게 입을 열었다.

"여기서는 청소부 일을 마다하지 않는 사람이 서울에서는 왜 아무 일도 못하는 건가요?"

"말 잘했소. 내가 서울서 청소부 일을 하고 다니면 당신이 나를 내버려둘 것 같소?

"……."

이번에는 자경이 할 말을 찾지 못했다. 한참 만에 그녀가 입을 열었다.

"서울서 청소부 하라면 올라오실 거예요?"

"……."

이번에는 남편이 아무 말도 하지 못했다.

"당신은 사랑이 뭐라고 생각해?"

한참 만에 남편이 물었다.

"그 사랑타령은 어지간히 좀 해요."

"우나무노라는 스페인 작가가 사랑이 뭐냐고 묻는 질문에 아주 멋지게 대답을 했는데 그 대답이 뭐였는 줄 알아?"

자경은 대답 대신 남편만 바라보았다.

"사랑은 내 아내다."

자경이 피식 웃고 말았다.

"사랑은 거창한 게 아니란 걸 당신도 잘 알잖아. 내 사랑이 나를 숨 막히게 하는데 내가 어떻게 살 수 있겠어. 당신이 나를 사랑한다면 나를 좀 내버려 둬."

"당신은 당신 생각만 해요. 당신한테는 나 말고도 당신이 정말 책임져야 하는 자식이 있어요. 그 애들 생각은 안 해요?"

"내가 바보가 아닌 이상 왜 생각을 안 하겠소. 하지만 난 아이들도 나를 이해하리라고 생각하고 있어."

"당신 좋을 대로 생각하지 마세요. 이혼을 하든지 서울로 올라가서 같이 살든지 둘 중에 하나를 선택하세요. 일주일 동안 시간을 줄게요."

자경은 그렇게 말하고 뒤도 안 돌아다보고 병실을 나왔다.

"저 친구 올라간답니까?"

"모르겠어요. 말은 알아듣는 것 같은데 막무가내로 자기를 내버려두란 소리만 하네요. 석영 씨는 왜 저러는지 아세요?"

"중년의 방황이지 뭡니까? 때론 나도 훌훌 떠나고 싶을 때가 많아요."

"두 분이 죽이 잘 맞아서 부산 시내의 술이 벌써 동이 났겠네요."

자경은 헛웃음을 웃으며 그렇게 말했다.

"내 생각에는 그냥 내버려두면 제풀에 지쳐서 서울로 올라갈 것 같은데요."

"그건 안 돼요. 저이가 지금 사는 곳이 어딘지 아시죠?"

"예."

"좀 데려다주세요."

"저녁에 중요한 약속이 있는데 어쩐다?"

석영이 난감한 표정을 지었다.

"그럼 제가 모시고 갈게요."

지연이 그렇게 자청하고 나섰다.

"엄마, 이 언니가 아빠랑 이웃사촌이래."

"그래?"

자경이 뜨악한 얼굴로 지연을 바라보았다. 석영과 헤어진 세 사람은 병원 정문에서 택시를 잡아탔다. 택시를 타자마자 자경이 앞자리에 앉은 지연에게 물었다.

"지연 씨는 간병비 받고 일하는 것 아니죠?"

"예."

"언제부터 그이랑 사귀었어요?"

자경은 단도직입적으로 물었다. 택시기사가 흘낏 바라보았다.

"그런 거 아닌데요."

"아니긴, 아가씨가 최 시인 제자라는 말 거짓말인 거 알고 있어요. 내 남편은 대책 없는 로맨티스트거든. 지연 씨는 몰라도 저이는 지연 씨에게 조금은 빠져 있을 거야."

"그렇지 않아요."

"아니야, 괜찮아요. 그렇다고 해도 나는 기분 나빠하거나 그러지는 않을 거니까. 지연 씨 잘못도 아니고요."

자경은 짐짓 담담한 어투로 말했다.

그때 승희가 빙긋이 웃으면서 어머니를 바라보았다.

"너, 왜 그렇게 웃니?"

"엄마가 질투하는 것 보니까 너무 귀여워 보여서."

"뭐라고? 내가 질투를 하고 있다고?"

"그렇지 않으면?"

"얘가 지금 엄마를 놀리고 있어!"

그러자 승희가 이야기의 보따리를 풀어놓았다. 뚜마의 이야기며 바이올린 이야기, 남편이 청소부로 번 돈의 절반을 요양원에 가져다 주는 이야기, 일요일마다 요양원 화장실 청소를 하는 이야기…….

"이 언니랑 얘기를 하다보니까 아빠가 여기서 아주 재미있게 살고 있는 것 같아. 아빠더러 올라오라고 난리 치지 말자."

자경은 승희가 하는 말에 아무 말도 하지 않았다.

그때 택시가 남편이 살고 있다는 집 앞에 도착했다.

"이 집인데요."

자경과 승희는 지연을 따라 원근이 살고 있는 반지하 방으로 들어 갔다.

방 안에 들어선 자경은 코끝이 찡해오는 것을 느꼈다. 손바닥만 한 방 안에는 이불 한 채와 간단한 조리 도구와 한 벌의 식기 외에는 아무것도 없었다. 냉장고나 세탁기도 TV도 없었고, 침대나 가구 따위는 아무것도 없었다. 있는 것이라고는 밥을 끓여 먹을 수 있는 가스레인지와 수도꼭지뿐이었다.

"밥은 제대로 해먹고 다녔나요?"

"예, 그런 것 같았어요."

"참! 대단한 사람이야. 이렇게 사는 게 좋다고 저렇게 고집을 부리다니!"

"아빠는 자유를 즐기는 것이지."

"그래, 너는 그런 아빠를 둔 것이 즐거운 모양이구나."

자경은 심술이 난 표정으로 승희를 흘겨보았다.

"언니, 뚜마는 어디 있어요?"

승희가 지연에게 물었다.

"뚜마가 아니라 마루라니까."

지연이 정정을 요구했다.

"그래요, 그 재미있는 개요."

"마루는 옥탑방에 있어. 저 사모님, 식사는 하셨어요?"

그러고 보니 날이 이미 어둑해지고 있었다.

"어머, 정말 하루해가 금방 가버렸네. 우리가 점심을 먹었나?"

자경이 호들갑스럽게 승희에게 물었다.

"공항에서 우동밖에 먹은 게 없잖아. 배고파 죽겠다."

"제 옥탑방으로 올라가실래요?"

지연이 자경을 은근한 눈길로 바라보며 권했다.

"거기는 왜?"

자경은 곧 승희가 지연과 엄청나게 가까워져 있다는 사실을 알게 되었고, 더구나 지연이 남편의 생활을 속속들이 알고 있다는 사실도 깨달았다. 자경은 지연이 정말 어떤 여자인가 궁금해졌다.

"누추하지만 제가 저녁을 대접하고 싶어서요. 들려드리고 싶은 것도 있고요."

"들려주다니?"

"엄마, 이 언니 바이올린 한대. 아빠가 쓴 시에 곡을 붙였대. 그래서 내가 바이올린으로 연주해보기로 했거든. 올라가요. 마루도 보게."

"그러자."

자경은 못이기는 척 지연과 승희를 따라 계단을 오르기 시작했다.

"**애가** 마루구나. 참 똘똘하게 생겼네."

문을 열자마자 튀어나온 개를 보고 승희가 외쳤다.

"어머, 언니! 인형 수집해요? 와, 인형 참 많다."

승희가 감탄사를 연발했다.

자그마한 옥탑방은 아기자기하게 잘 꾸며져 있었다. 자경은 생기 발랄하고 예쁘기까지 한 여자가 혼자 옥탑방에 살고 있다는 것이 왠지 탐탁지 않았지만 막상 올라와 보니 나름대로 잘 꾸며서 살고 있구나, 싶은 기분도 들었다.

"이런 옥탑방 같은 데 처음 와보시죠?"

지연이 자경의 속마음을 읽기라도 한 듯 물었다. 자경은 대답 대신 싱긋 웃었다.

"저도 서울 부잣집에 시집갔다가 이런 데서 살려고 하니까 처음에는 서럽고 막막했어요. 그런데 알고 보면 사람은 원래 적응이 빠른 동물이잖아요. 세상에 이렇게 사는 사람들도 많다는 것을 알고 나니까 그제야 살 만하더라고요."

지연이 싱크대에서 요리할 반찬거리를 씻으며 말했다.

"아이도 있다면서 보고 싶어서 어쩌나……."

자경이 안타깝다는 듯이 혀를 찼다.

"참고 살아요. 대신 아이들을 가르치니까 그 아이들이 다 제 아이들 같아요."

자경은 저 말이 정말일까, 하는 의문이 생겼다. 그러다가 문득 자신이 중년 여자 특유의 심보를 가지고 있구나, 하고 깨달았다.

"저는 유명한 음악가가 꿈이었는데 몸이 아파서 그 꿈을 접었거든요. 그런데 교사가 되어 아이들을 가르칠 수 있어서 참 좋아요. '음악가는 바이올린의 줄과 피아노의 건반을 가지고 연주하지만 나는 마음의 줄을 가지고 연주한다' 는 말도 있잖아요."

그 말을 들은 자경은 남편이 이렇게 자유분방한 여자와 제멋대로 살 수 있다는 것을 안 이상 집을 감옥처럼 여기는 것은 당연하다고 생각했다.

"선생님이 이곳에서 사모님 생각하면서 시도 많이 쓰셨어요. 그시에 제가 곡을 붙인 것도 있는데 승희 씨가 한번 볼래요?"

지연은 책상 위에서 악보 하나를 들고 와서 승희에게 주었다. 승희는 악보를 들여다보다가 방 한구석에 놓여 있는 바이올린을 집어 들었다.

"선생님이 승희 씨 바이올린 솜씨를 얼마나 자랑하던지! 한번 들려줄래요?"

"이 곡 연주해도 돼요?"

"그럼요."

그렇게 대답하고 지연은 책상 위에서 다른 종이를 가져다 자경에게 주며 말했다.

"사모님, 이건 선생님이 쓰신 자필 원고예요."

자경이 받아든 종이에는 낯익은 남편의 글씨가 빼곡히 박혀 있었다. 승희가 현을 울리면서 바이올린을 켜기 시작하자 지연이 낮은 목소리로 노래를 부르기 시작했다.

사랑할 때는
어둠 속에 누워도
가볍다 몸이
보송보송하고
날아오를 것 같은
세상이 떠오른다

어둠 속에서 빛나며

반짝이는 하늘이

가볍게 열린다

별을 가득 안고 있는

깨어 있는 잠 깊이

깊이 안겨드는 꿈

가볍다 사랑할 때는

잠이 온통 꿈으로

날아올라 하늘로

별로 빛난다

가볍게

가볍게

날아다닌다

깃털처럼

내 영혼

바이올린 소리와 노랫소리가 절묘하게 하모니를 이루어 자경은 가슴이 뭉클해지고 공연스레 눈물이 솟았다. 손에 든 남편의 시 위로 그녀의 눈물이 떨어져 번지고 있었다. 전혀 생각지도 못한 일이 벌어진 것이다.

"엄마, 울어? 우리 엄마 울고 있구나!"

연주를 마친 승희가 다가와서 놀리듯이 떠들어댔다. 승희로서는 도도하고 당당하기만 한 어머니가 그런 모습을 보인다는 것이 정말 의외였지만 동시에 기분 좋은 일이었다.

"아니 내가 울긴 왜 우니."

그러면서 그녀는 손수건으로 눈물을 닦았다. 그리고 곧 지연이 차린 맛깔스런 갈치조림이 나왔다.

"마침 사다놓은 갈치가 있었어요. 졸지에 차린 음식이지만 맛있게 드세요."

"어흠, 언니 요리 솜씨가 보통이 아니네요. 정말 맛있다."

승희가 먹음직스러운 음식들 사이로 수저를 놀리기 시작했다.

"오늘 올라가실 거예요?"

자경은 지연이 그렇게 묻기 전까지 종일 계획 없이 모든 일을 진행했다는 사실을 깨닫고 깜짝 놀랐다.

"엄마, 올라가지 말자. 바쁜 일 핑계 대지 말고."

"내려왔으니까 결말을 보고 올라가야지. 그래, 내일 너희 아빠랑 다시 이야기 좀 하고 올라가야겠다."

"그럼, 아빠 방에서 한번 자보자."

승희가 기막힌 아이디어라도 낸 듯 펄쩍 뛰며 말했다.

"그래, 그것도 괜찮겠구나."

자경은 지하실 방에서 수없는 밤을 지새웠을 남편을 생각하며 그렇게 말했다.

　　"지연 씨, 지금은 오해가 풀렸으니까 하는 말인데 나는 아까 승희 아빠 하는 행동을 보고 지연 씨를 오해했어요. 그런데 지연 씨는 승희 아빠가 이해가 돼요?"

　　"저는 두 분을 보고 왜 서로 사랑하면서 서로를 참아주지 못할까, 생각했어요. 제가 보기에 선생님은 사모님을 무척 사랑해요. 그런데 아까처럼 행동하시는 것을 보면 아무래도 표현력이 부족하신 것 같아요."

　　"맞아요. 그런 것 같아요."

　　승희가 맞장구를 쳤다.

　　"표현력의 부족이라……."

　　자경이 혼잣말처럼 중얼거렸다.

　　"지연 씨가 저라면 어떻게 할 것 같아요?"

　　이제 자경은 지연에게 자연스레 마음을 터놓고 물었다.

　　"사모님은 사랑을 어떻게 표현하세요?"

　　그러자 오히려 지연이 되물었다.

　　"우리 나이쯤 되면 사랑을 표현하기보다 살면서 느낌으로 알아요."

　　"그렇지만 선생님은 그렇지 않은 것 같은데요."

　　"남자들은 유희적 사랑을 즐기는 편이야. 반면 여자들은 사랑을 우정, 소유, 실용적 측면에서 인식하지."

"그럼 대표적인 남자가 아빠고, 대표적인 여자는 엄마네."

"그런 셈이지. 오늘 네 아빠가 나더러 사랑이 뭐냐고 묻더구나."

"그래서 뭐라고 대답했는데?'

승희가 호기심이 생겼는지 눈을 동그랗게 뜨고 물었다.

"그냥 웃고 말았더니 자기의 사랑은 '내 아내입니다' 라고 하더구나."

"아빠 정말 멋지다."

"우나무노인가 하는 소설가가 한 말이래."

"어쨌거나!"

"사모님은 선생님을 어떤 분이라고 생각하세요?"

"글쎄, 한마디로 말하기 어려운 사람이지."

"저는 '무릎을 꿇고 있는 나무' 라고 생각해요."

"그건 또 무슨 말이지요?"

"로키산맥에 가면 해발 3천 미터 높이에 수목 한계선 지대가 있는데, 이 지대의 나무들은 매서운 바람 때문에 곧게 자라지 못하고 '무릎을 꿇고 있는 모습' 을 하고 있어요. 이 나무들은 열악한 조건 속에서도 생존을 위해 인내하며 삶을 영위하죠. 그런데 세계적으로 가장 공명이 잘되는 명품 바이올린은 바로 이 '무릎을 꿇고 있는 나무' 로 만든다고 해요. 아름다운 영혼을 갖고 인생의 아름다운 선율을 내는 사람은 아무런 고난 없이 좋은 조건에서 살아온 사람이 아니라, 온갖 역경과 아픔을 겪어온 사람이라는 생각이 드는데 선생님이 바로 그런 분 같아요."

"언니 그 표현 정말 멋지다."

"이건 내가 한 말이 아니라 어떤 책에서 본 이야기인데 선생님이 그런 분 같다는 생각을 했어."

"내 남편을 너무 높게 평가하는 것 같은데?"

자경이 그렇게 말하자 지연이 충고하듯 말했다.

"사모님도 사랑은 내 남편이다, 하고 말하시는 게 좋을 것 같아요. 적어도 남편이 그런 존재가 되도록 진심과 정성을 기울여야 할 때가 아닐까요?"

"가령 예를 들면?"

자경이 진지하게 물었다.

"지금 사모님은 선생님이 집으로 돌아와야 한다고 생각하시잖아요. 그렇지만 안 돌아가겠다는 사람을 억지로 끌고 갈 수는 없죠. 그러니까 그 분이 올라가고 싶도록 만들어야죠."

"어떻게?"

"저 같으면 만사를 제쳐놓고 여기서 선생님을 간병하겠어요. 그러면서 대화로 그동안의 오해를 풀어가는 것이죠."

"언니, 그것 참 좋은 생각이다. 그건 결자해지의 뜻도 있는 거야."

승희는 어머니를 바라보며 말했다.

"넌 이번 일을 내가 저지른 일이라고 생각하니?"

"어쨌거나 두 분 사이에 일어난 일이잖아. 그런데 언니, 우리 아빠 저녁에 간병은 누가 해요?"

"아무도 없어요."

"그럼 어떻게 해요?"

"얼마 전까지는 밤에도 간병을 해야 했는데 이젠 괜찮아요. 내일 아침 일찍 병원에 가보세요."

그날 밤, 자경은 승희와 함께 남편의 반지하 방에서 잠을 잤다. 이불을 깔고 자리에 누운 모녀는 야릇한 감회에 빠져들었다. 자경은 지하 방에 누워 어둠 속에서 남편이 썼다는 시의 첫 구절을 읊조려 보았다.

사랑할 때는
어둠 속에 누워도
가볍다 몸이
보송보송하고
날아오를 것 같은
세상이 떠오른다

한 번도 들은 적이 없는 시구였는데, 한 번 듣고 뇌리에 그대로 와서 박힌 것이었다. 지연이 작곡했다는 바이올린 선율 때문일까?

옆에서 어머니의 허밍을 들은 승희가 말했다.

"엄마, 진짜 감동 먹었나 봐."

"그래, 그런 것 같다."

그날 밤 자경은 꿈을 꾸었다. 남편이 어떤 모임에 나가서 대담을 하고 있었다.

"사랑이 무엇이라고 생각합니까?"

사회자가 묻자 남편이 대답했다.

"내 아내입니다."

사랑할 때는

어둠 속에 누워도

가볍다 몸이

보송보송하고

날아오를 것 같은

세상이 떠오른다

에필로그

'나'라는 존재는 원래 있던 존재가 아니라 아버지와 어머니의 만남으로 생겨났다. 대부분의 경우 아버지와 어머니가 가정을 꾸리고 사랑을 나누면서 '나'라는 존재가 잉태되고, 세상 밖으로 존재의 고고성을 울리게 된다. 그러나 아버지와 어머니가 '나'를 낳았다고 해서 '나'라는 생명이 온전하게 존재하는 것은 아니다. '나'라는 생명은 아버지와 어머니가 끊임없이 관심과 애정을 기울여 먹여주고, 입혀주고, 가르쳐주어야만 한 사람의 제대로 된 인간이 된다. '나'라는 존재는 자라나서 제 몫을 다하는 어른이 되는 데 적어도 20년이라는 시간이 걸린다.

아버지와 어머니는 '나'를 낳은 죗값(?)으로 최소 20년간 자신의 삶을 바쳐서 '나'에게 헌신을 해야 하는 존재들이다. 대부분의 가정에서 아버지는 밖에 나가서 돈을 벌어오고 어머니는 집에서 아이들을 먹이고 입히고 가르친다. 그리고 어느 부모나 자기 자식을 세상의 주인공으로 키우기 위해 노력한다. 그것은 자연의 법칙이자 인간사회의 법칙이다. 그런데 거기에 인위적인 조작이 덧붙여진다. 가진 자들의, 가진 자를 위한 승자독식의 사회조성이다. 부의 대물림, 가난의 대물림이 우리 사회의 새로운 병폐로 등장한 지 이미 오래다.

그래서 삶의 경쟁은 더욱 치열해지고 서글퍼진다. 이 땅의 아버지들은 그 옛날 원시인들처럼 사냥터에 나가서 사나운 맹수와 싸워서 이겨야 하는 생존경쟁의 싸움터에 나가 있다. 그야말로 뼈 빠지게 돈을 벌어대도 갈수록 높아져 가는 사교육비 때문에 많은 부모들이 자식들 뒷바라지를 제대로 하지 못하고 있다.

세월이 갈수록 그 일이 그다지 녹록지 않아서 결혼한 부부들도 자식을 낳는 것을 기피하는 현상이 일어나고 있다. 우리나라는 출산율 최저 세계 1위 국가가 된 지 이미 오래다. 옥스퍼드 인구문제연구소 데이비드 콜먼 박사가 한국을 저출산 때문에 지구촌에서 사라질 첫 번째 나라로 꼽은 지도 꽤 오래 되었다.

그 가운데서도 출산율 0.81명(2006년)을 기록하고 있는 부산은 별다른 변수가 없다면 오래지 않아 이 세상에서 제일 먼저 사라지는 도시가 될 것이다. 실제로 구글에 접속해서 '세계에서 제일 먼저 사라질 도시'를 치면 부산의 이름이 뜬다. 한국은 2015년쯤부터 총인구 수가 줄어들 것이라고 하지만 미래를 예측하는 사람들은 그보다 빠르리라고 본다. 그러다가 2305년이면 마지막 한국 사람이 죽을 것이라고 한다.

왜 이런 현상이 벌어지고 있는 것일까? 원인을 따지는 것은 학자들의 몫이고, 해결책은 잘난 사람들의 몫이다. 작가로서는 원인이야 어찌되었든 적은 해결책을 가지고 행복을 찾는 방법밖에 없다는 결론을 내릴 수밖에 없었다. 평생 쉬지 않고 일했건만 제 집 하나 장만하지 못한 아버지들은 이 세상에 분노하여 외친다.

'현실에 찌든 엑스트라여도 좋다. 내 자식에게만이라도 대접받는 아비가 되게 해달라!'

나는 경제적 능력이 삶의 모든 척도가 되고 있는 현실이 안타까워이 소설을 세상에 내보낸다. 이 소설은 본인 이야기와 본인과 절친한 친구의 이야기에 허구적 요소가 절반 정도 결합해서 만들어진 세미픽션이다.

이채윤